O CRIANÇA DE TODOS

Cathy McGough

STRATFORD LIVING PUBLISHING

Esta versão foi publicada em junho de 2024,

ISBN PAPERBACK: 978-1-998304-95-0
ISBN ebook: 978-1-998304-94-3

Arte da capa criada por Canva Pro.

O QUE OS LEITORES ESTÃO A DIZER...

DOS EUA:

"O CRIANÇA DE TODOS", de Cathy McGough, é um thriller psicológico que te vai deixar a pensar até ao final surpreendente."

"Uau, definitivamente não estava à espera e não poderia ter previsto o final desta história."

"Uma história bem construída e orientada para o enredo."

"Houve tantas voltas e reviravoltas e quando já tinhas tudo planeado, o tapete foi-te arrancado debaixo dos pés.

Fiquei atónita a meio do livro, o que me fez pensar "WTH?".

DO REINO UNIDO:

"Uma história escrita com tanto rigor que é um soco."

"Pensava que tinha tudo planeado, mas estava tão enganada."

"Uma leitura agradável com algumas reviravoltas surpreendentes ao longo do caminho."

DE CA:

"Achei o enredo intrigante e gostei de ler o livro até ao fim."

"É fácil de ler, tem um ritmo rápido e uma premissa interessante."

DE IN:

"Um thriller bem escrito e agradável."

ÍNDICE DE CONTEÚDOS

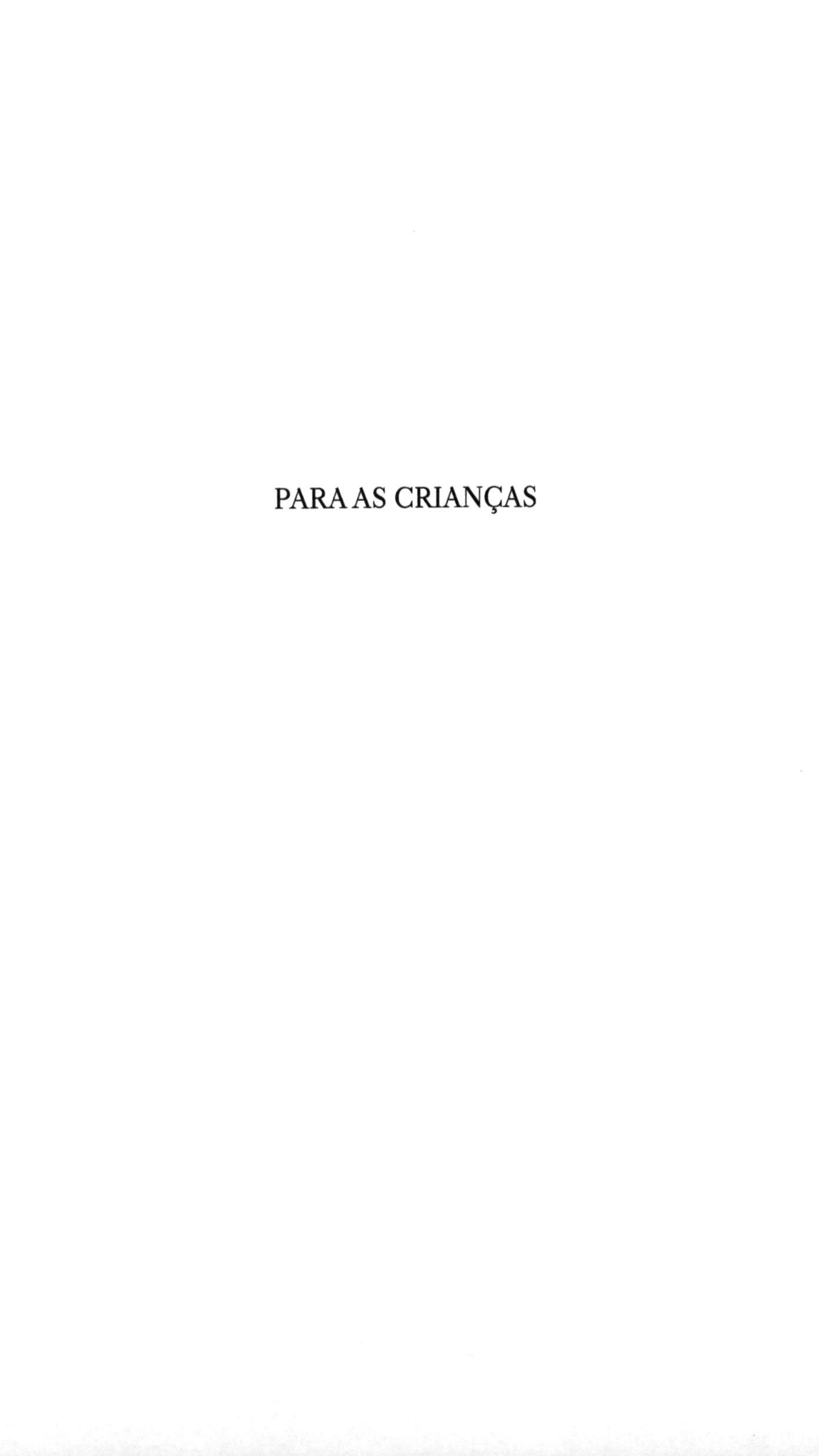

PARA AS CRIANÇAS

POEMA: A BONECA DE PAPEL

A boneca de papel está emaranhada no turbilhão do vento

Sem emoções, rodopia e gira

Dá voltas e mais voltas, fazendo piruetas de bailarina

Volta aos fracassos e arrependimentos da vida.

Tenta freneticamente escapar das suas garras

Nos seus ouvidos o vento sussurra violação.

A boneca de papel é rasgada de membro a membro

E não sente dor porque é apenas uma lembrança do que
poderia ter sido.

Não sente dor porque é apenas uma criança

Não sente nada.

Ouve o choro das crianças que se reviram

Nos sonhos do teu sono

Protege-as dos turbilhões da vida.

Corre, crianças, corre,

Já não há correntes que te prendam.

Protege-os dos turbilhões da vida.

CAPÍTULO 1

BENJAMIN

BENJAMIN, DE DEZASSETE ANOS, era um empregado consciencioso. Sobretudo depois de ter abandonado o liceu. Duas vezes por dia, seis dias por semana, vai ao banco. De manhã, para levantar dinheiro. À tarde, para depositar o dinheiro do dia. O caminho de ida e volta era tranquilo: até esta manhã em particular.

O que lhe chamou a atenção foi uma mulher. De saltos altos, destaca-se como um manequim na praia. As etiquetas douradas da mala e dos óculos de sol reflectiam a luz, fazendo-a saltar e mover-se como pirilampos. Por cima do ombro do seu vestido preto sem mangas, pendia um lenço vermelho.

Os olhos de Benjamin seguiram o fluxo do lenço, até que este chegou à extremidade do braço estendido da mulher. Acoplada a ele estava uma menina que se esforçava por acompanhar. O braço da criança, talvez com sete anos, também se estende para trás. Acoplado a ele estava uma coisa: uma boneca de tamanho natural. Faz um duplo olhar, porque a cara da boneca e a cara da criança eram cópias a papel químico. Depois repara que o braço estendido da boneca também se estendia para trás - para nada nem ninguém. As pernas e os sapatos da coisa arrastavam-se pelo pavimento, trazendo a retaguarda.

Curioso, segue o estranho trio que vira a esquina a caminho do passeio marítimo do Lago Ontário.

A mulher parou, puxou o braço do relutante seguidor e depois acelerou o passo. A pequena tropeçou no chão sem largar a mão da boneca. Levanta-se e recebe uma bofetada de costas na cara. Uma bofetada cujo som fez com que ele se encolhesse, pois parecia reverberar.

A mulher caminhou rapidamente enquanto o pio da criança se transformava num grito. Inclina-se para trás, sussurrando ao ouvido da criança: resulta em lágrimas silenciosas.

Colocando o dedo na marcação rápida do 112, avalia a situação. Se fosse um homem adulto, dava-lhe um raspanete. Em vez disso, continua a segui-los. Observa. Pensa na pressa que havia.

A boneca a saltitar atrás dele com um sorriso de dentes arrepiou-o, por isso passou para o outro lado da estrada. Continua a observar o estranho trio. Observa, em particular, como o lenço vermelho da mulher contrastava com o seu cabelo e vestido pretos. Parecia deslocada, como se estivesse a caminho de uma sessão fotográfica para uma revista com dois miúdos a reboque.

Espera um minuto. Espera um pouco. O tipo de boneca parecia-me familiar. O teu patrão, Abe, às vezes encomendava bonecas semelhantes na sua loja. Normalmente nos meses que antecedem o Natal.

As bonecas eram desenhadas e enviadas da Europa. Cada encomenda exigia uma fotografia da criança. Para isso, tinha de reproduzir a tez, o cabelo e a cor dos olhos. Detalhes como a altura, o peso e o tamanho dos sapatos eram registados no verso da fotografia.

Foi então que reparou porque é que a menina estava a ter dificuldades. Nos pés, calçava umas sandálias brilhantes, daquelas que se enrolam à volta do tornozelo. Como sandálias, eram bonitas, mas inadequadas para andar depressa. Para a sua irmã gémea, as sandálias não eram um problema, pois a boneca era puxada ao longo do passeio.

Quando chegaram ao primeiro banco de jardim, a mulher já se tinha acalmado. Ri-se quando ajuda a pequena a tirar a mochila. Depois, assegura que ela está confortavelmente sentada antes de tratar da boneca. Dobra-lhe as pernas e coloca-a numa posição sentada.

Aproxima-se, tirando fotografias da zona ribeirinha, até que o telemóvel vibra. Era Abe, a ver como ele estava.

"Onde estás?" Abe tinha-te enviado uma mensagem. Abe era o patrão e senhorio de Benjamin. O Abe era um cumpridor de rotinas.

"Alinhamento, B volta o mais rápido possível", o rapaz mandou uma mensagem.

A resposta de Abe foi um emoji de polegar para cima.

A mulher ajoelhou-se, de modo a ficar cara a cara com a criança.

O adolescente tirou uma fotografia panorâmica completa da linha do horizonte do Lago Ontário, desde a Torre CN até Burlington.

"Querida, esqueci-me da minha carteira", dá uma palmadinha na mão da criança. "Volto já, prometo-te."

A criança permanece em silêncio, mexendo nas sandálias.

"Doem-te os pés, querida? Desculpa a pressa. Podes descansar aqui, e quando eu voltar para te vir buscar já estarás boa. Espera aqui, está bem?

A criança acena com a cabeça e baixa as pernas. Não conseguindo tocar no chão, mantém-se imóvel.

"Enquanto eu estiver fora, não saias deste banco. Olha em volta. "E não fales com ninguém. Lembra-te, nós temos uma palavra secreta. Sabes qual é? Shh, não me digas. Tu lembras-te dela, sim?"

"E se eu tiver de fazer chichi?", sussurrou a criança.

"Aguenta até eu voltar. Não me demoro. Quanto mais cedo eu for, mais cedo voltarei." Levanta-se e endireita as costas.

O mais pequeno agarrou-lhe o braço: "Não te vais esquecer de mim, pois não, mamã? Como da última vez?".

A mulher suspirou e sussurrou.

"Querida. Dá uma palmadinha na mão da filha. "Fui buscar-te à escola a horas noventa e nove vezes e tu lembras-te sempre daquela vez em que me atrasei." Ela respirou fundo e deu um passo atrás.

"Desculpa, mamã."

O adolescente sentou-se num banco ali perto, a ver as fotografias que tinha tirado. Olha para cima, quando a mulher se vira. A sua expressão facial parecia agora mais infantil, com o queixo para a frente.

"Desta vez sei o caminho para casa", disse a filha com um sorriso.

A mulher bufou, virou-se para trás e abraçou a filha. "Tenho de ir agora, querida.

"Não sou uma bebé.

"Eu sei que não és. Espera aqui, espera por mim. Eu volto. Cruza o meu coração." Faz a mímica do coração cruzado e depois vai-se embora.

"Vejo-te em breve, mamã", disse a criança. Estica o pescoço, vendo a distância crescer entre ela e a mãe.

A adolescente olhava para ela com os olhos cheios de lágrimas. Afinal, ela era uma boa mãe, ou melhor do que ele pensava.

A mãe virou-se e deu um beijo à filha, depois continuou a andar.

O teu telemóvel vibra de novo. Abe. Tinha de ir ao banco.

A criança abriu o fecho da mochila, tirou um livro e começou a ler. Durante um minuto ou dois, observa-a. Era engraçado como ela mexia os lábios para pronunciar as palavras.

Verifica o relógio. Agora, mais certo de que a mãe voltaria como prometido, vai ao banco.

Era a única maneira de impedir que o Abe viesse à sua procura. Se Abe tivesse de sair da loja para o procurar...

Não quer pensar nisso.

CAPÍTULO 2

JENNIFER WALKER

Quando já estava a alguns metros de distância, Jennifer olhou para a filha, que permanecia no banco como lhe tinha sido ordenado. Detestava deixá-la ali sozinha, mas que alternativa tinha depois do que tinha feito? Abre a câmara do telemóvel e tira uma fotografia da filha. A fotografia mostrava a sua filha emoldurada pelo céu azul e pela água ainda mais azul do Lago Ontário. Contente por a filha não se mexer, vira-se na direção de onde tinham vindo.

Enquanto fazia o caminho de volta, pensou no seu parceiro Mark Wheeler. Já andava a sair com ele há algum tempo, apesar de saber que ele já era casado.

Na maior parte das vezes, pelo menos quando saíam em público ou quando a filha estava por perto, ele era amável e gentil.

Mas tinha uma faceta diferente quando estavam sozinhos e o sexo estava na ementa. É verdade que, por vezes, ela gostava de bondage e até de umas palmadas eróticas. No entanto, a asfixia erótica levava as coisas demasiado longe. A sensação de ires para debaixo de água, para baixo, para baixo, para baixo. O ar ofegante como se nunca mais o encontrasses era algo que a assustava. Por isso, desta vez, bateu o pé e recusou-se a fazê-lo. O Mark foi em frente e fê-lo a si próprio enquanto ela ia tomar um duche. Quando ela voltou, ele estava morto. Ela estava demasiado assustada para tirar o saco de plástico da cabeça dele. Em vez disso, foi para o quarto da filha, passou lá a noite e, logo de manhã, saíram de casa.

O telefone dela tocou, era ele finalmente. "Tens de me ajudar", diz ela. "Não tenho mais nenhum sítio para onde me virar."

"É o Mark?", pergunta o seu amigo, também motorista do Mark, Poncho.

Ela chorou. "Sim."

"Está bem, vou já para aí. Estou a cerca de quinze minutos daqui. Aguenta firme."

Para se distrair, veio-lhe à cabeça uma recordação de Katie recém-nascida, enquanto ela revivia a primeira vez que lhe pegou ao colo. A sua filha era o anjinho mais pequeno, mais macio e mais bonito que alguma vez tinha visto. Estava a crescer tão depressa. Jennifer detestava deixar a filha sozinha à beira-mar, mas tinham de se livrar do corpo. Especialmente com a ligação do Mark à comunidade e ao mundo da droga. Mesmo que ela lhes dissesse a verdade, eles nunca acreditariam nela. O pai de

Mark tinha muito dinheiro - e ela não podia arriscar-se a ir para a prisão. O que aconteceria ao teu bebé?

Ri-se, pensando nas vezes que acusou a mãe de fazer coisas estúpidas por homens que não valiam a pena. Olha para o céu: "Mãe, desculpa, mas esta coisa que eu fiz leva o prémio." A história repete-se sempre. Saber isto não a fazia sentir-se melhor.

Pára de te martirizar, sua tola, pensou ela. Não tarda nada, volta a ir buscar a Katie. Além disso, na sua mochila, a filha tinha um livro. A boneca, a que chamavam Katie Jr. enquanto a filha tentava descobrir que nome lhe dar, dava-lhe arrepios. Ele tinha-a dado a ela. Arranja-lhe outra boneca e deita-a no caixote do lixo.

Já quase em casa, Jennifer viu uma carrinha branca à espera na entrada. Poncho puxou o carro para dentro da garagem, depois fechou-a. Entra pela porta da frente e deixa Poncho entrar, esperando que o vizinho bisbilhoteiro do outro lado da rua estivesse ocupado

CAPÍTULO 3

KATIE

Depois de ler o livro duas vezes para a sua boneca, Katie guardou-o. Observa as gaivotas que voam para cima e depois para baixo, empurrando o bico para a água. Por vezes, voltavam a subir com um pequeno peixe no bico. Aplaude quando isso acontece. Mais do que uma vez, as pessoas que passavam pararam para ver o que ela estava a aplaudir e juntaram-se a ela. Katie sentia-se menos sozinha quando isso acontecia.

"Ela é tão gira", disse-lhe um jovem casal. Como eram estranhos, ela não disse nada, mas continuou a observar as gaivotas.

O tempo passa, enquanto o sol desce pouco a pouco no céu e um polícia pára. "Não fales com estranhos.

Não fales com estranhos", diz-lhe a voz da mãe na cabeça. Mas ele era um polícia. Era alguém em quem podias confiar em momentos de dificuldade. "Estou à espera da minha mãe. Ela volta num minuto."

O polícia deve ter acreditado nela, pois inclinou o chapéu e foi-se embora.

"Obrigada", disse ela, esperando ver a mãe a caminhar na sua direção. Fecha os olhos e volta a abri-los, na esperança de um resultado diferente. Não teve essa sorte.

Katie aplainou o seu vestido vermelho na parte da frente. Levanta um pouco a manga onde o elástico a apertava e deixava uma marca. Balança-se para a frente e para trás. O simples movimento fez com que a parte do tornozelo das sandálias ficasse apertada, por isso deixou de mexer as pernas.

Ontem à noite, o Mark e a mamã tinham-na deitado na cama. Depois ouve barulhos. Quando eram altos - gritavam - era assustador, mas não o suficiente para a impedir de adormecer.

A mãe dela dizia sempre: "Katie, tu conseguias dormir durante um tornado". Isso fazia-a rir.

Quando saíram de casa esta manhã, a mãe disse que o Mark estava a dormir até tarde. Por isso é que tinham de se vestir e sair de casa à pressa.

Quando as cortinas se moveram para o outro lado da rua, a Katie disse: "Ela está a olhar outra vez, mamã."

"Não te preocupes com essa velha bisbilhoteira", disse a mãe, puxando a filha com a boneca que vinha atrás.

Mark não era o verdadeiro pai de Katie, mas vinha cá muitas vezes. Às vezes comprava-lhe coisas, como a boneca. Quando ele estava por perto, a mãe dela ficava feliz, no início. Depois ele ia-se embora e a mãe dizia que ele nunca mais voltava. Mas ele voltava sempre.

A menina vivia num constante estado de confusão. Os homens iam e vinham. Mesmo assim, adorava a boneca que era sua gémea.

O problema era saber que nome lhe dar. Não lhe podia chamar Katie Two porque os gémeos não têm o mesmo nome próprio. Apesar de já a ter há algum tempo, a boneca continuava sem nome.

Na maior parte das vezes, a criança não sentia falta de um pai. As crianças não sentem muitas vezes falta de algo que nunca tiveram. Até que a sociedade as lembra - como num almoço do Dia do Pai na escola.

"Queres ser o meu papá, na escola, para o almoço do Dia do Pai?" Katie perguntou a Mark.

"Adorava, querida", respondeu ele.

"Mas o Mark é um homem ocupado", disse a mãe.

Quando chegou o Dia do Pai, Katie era a única criança sem pai. As outras crianças sem pai trouxeram os avós, os irmãos ou os tios. Katie, que também não tinha nenhum desses, ficou ainda mais perturbada.

Quando Katie desatou a chorar à mesa do jantar, a mãe chamou o diretor. Exigiu que a escola proibisse completamente os eventos do Dia do Pai.

Katie não queria que fosse cancelado para toda a gente. Tudo o que ela queria era a inclusão. A presença do Mark teria feito com que tudo ficasse bem para todos.

Uma gaivota passou por perto. O pássaro fez cocó a meio da aba, deixando uma recordação para trás. Salpicou os vestidos da criança e da boneca. Katie limpou primeiro as lágrimas dos seus olhos. Depois faz o mesmo com a boneca.

Desejou que a mãe voltasse depressa.

CAPÍTULO 4

BENJAMIN

Já é FIM DE tarde e Benjamin dirige-se para o banco. Olha de relance na direção da marginal: a criança ainda lá está! Tinha razão no seu pressentimento inicial - a mãe era uma mãe desgraçada. Deixar uma menina sozinha à beira-mar durante todo o dia era abandono.

Apressa-se a chegar ao banco. Tinha de se livrar do dinheiro do dia antes que o banco fechasse. Em vez de se arriscar a esperar, deposita o dinheiro na máquina, depois volta para ver como está a menina.

Abe já lhe tinha enviado duas mensagens a perguntar onde estás?

No início, tinha pensado que era excitante apresentar a tecnologia a Abe, mas agora era uma chatice. Não que Abe desconfiasse de Benjamin. Na verdade, o homem e a mulher eram os tutores legais de Benjamin. Embora Abe estivesse no negócio das pessoas, vendendo bens ao público, não era uma pessoa do povo.

"Precisas de 2 t/c de qualquer coisa primeiro", respondeu o adolescente.

"Está bem, não te preocupes", respondeu Abe. "Tens de chamar a mulher da cozinha para ajudar!"

Ri-se antes de enviar um emoji apropriado, enquanto regressa para ver como está a menina.

CAPÍTULO 5

KATIE

Katie permanece no banco do jardim. No horizonte, vê o sol a pôr-se. Faz-se tarde. A mãe esquece-se dela - mais uma vez. A criança tem de urinar e pensa em ir a pé para casa. Conhece o caminho, mas não tem a chave. Deseja ter calçado as suas sapatilhas de corrida, ou sandálias menos apertadas.

Não queria estar lá fora quando escurecesse. Mesmo agora, imaginava sombras a formarem-se à sua volta, feitas pelos reflexos das nuvens. Quando um corvo grasnou, ela saltou e tremeu. Uma joaninha subiu-lhe pela perna até ao vestido. Levanta-a até ao dedo e deixa-a subir pelo braço, até deixar uma mancha amarela ao caminhar.

"Não faz mal," sussurrou para o inseto, "toda a gente faz chichi." Deposita o bonito inseto vermelho no banco e ele sai a voar.

O seu estômago roncou e ela remexeu na sua mala e tirou um mini-Kit-Kat derretido. Sabia tão bem, mas desejava que não fosse um mini e esperava que a mãe voltasse depressa.

A criança fingiu dar de comer à boneca e depois voltou a ler.

Já tinha lido o livro tantas vezes que a sua mente se desviou para o início do dia, quando a mãe lhe disse que não iria à escola hoje.

"Porquê?", pergunta. "Eu quero ir à escola.

"Hoje vamos à beira-mar. Vamos ver os pássaros, ouvir as ondas, e mais tarde vamos ao café comprar baby chinos".

"Já não sou um bebé", protestou Katie.

"Eu sei que não és, mas não continuas a gostar dos Baby Chinos?"

A menina levantou o queixo, pensando nos Baby Chinos. Agora já era uma menina crescida e, quando a mamã vinha buscá-la, pedia um batido de morango extra grande.

"Vai ser tão divertido!" a voz da mãe ecoava-lhe nos ouvidos.

"Vai ser tão divertido!", repete a criança. Depois, a sua mente vagueou: "Posso levá-la?" perguntou-lhe a Katie. Referia-se à sua boneca.

"Sim, podes, desde que a leves para lá e para cá. E lembra-te, também vais ter a tua mochila."

"Está bem, mamã, eu levo." Katie passou os braços pelas alças da mochila e envolveu a cintura da boneca com os braços.

Por cima dela, um grupo de gansos canadianos em forma de V buzinava no céu. Repara que o sol se tinha posto um pouco mais. Estremece e pega na mão da boneca quando se aproximam passos. Quando o viu, apercebeu-se que não era um rapaz ou um homem - estava algures no meio.

Fecha os braços à volta de si própria. Enquanto o sol se punha, e ela desejava ter uma camisola ou um casaco. Observa que o rapaz/homem não usava nenhum dos dois. A sua t-shirt preta tinha uma rocha na frente e, por baixo, as palavras ZOOM! O rapaz/homem tinha um bronzeado dourado no rosto e nos braços. Usa calças de ganga pretas e ténis de corrida.

A escuridão estava a chegar e ela queria que a mãe voltasse e a levasse de novo para casa. Até lá, desejava que o rapaz/homem lhe dissesse alguma coisa, qualquer coisa.

Apesar de não ser suposto ela falar com estranhos, o som da voz de outra pessoa quando se sentia assim, confortava-a. No entanto, é mais do que provável que o rapaz/homem tenha sido avisado da mesma coisa - não fales com estranhos.

A outra coisa é que, se ele falasse com ela, ela provavelmente iria chorar. Não queria que ele pensasse que ela era um bebé, porque se o fizesse, chamaria a polícia e descobriria que não era a primeira vez que a mãe se esquecia de a ir buscar.

Pega no seu livro e usa-o como parede para que o rapaz/homem não veja as suas lágrimas a cair.

CAPÍTULO 6

BENJAMIN

Passa por ele, para ver se ela fala com ele, ela não diz nada, mas parece tão triste, e depois esconde-se atrás do seu livro. Continua a andar, depois esconde-se nos arbustos atrás dela para a poder vigiar sem que ela se aperceba.

Uma vez, lembra-se, quando ele e as outras crianças estavam a brincar lá fora, passou um homem. Ele parou e falou com uma das raparigas, depois voltou para o carro e tentou persuadi-la a entrar. Benjamin correu e contou aos pais adoptivos o que tinha acontecido. Até memorizou o número da matrícula do carro, o que lhes permitiu apresentar queixa na polícia.

Foi uma das poucas vezes que lhe deram ouvidos e ele e as outras crianças foram proibidos de brincar no jardim da frente.

Esta menina estava numa situação terrível e em breve iria piorar quando escurecesse completamente. Sim, havia um candeeiro de rua perto do banco, mas isso tornava-a mais vulnerável. Ela era tão visível como um farol numa tempestade.

Passa a mão pelo arbusto de sempre-vivas. O cheiro doce do Natal trazia-te recordações de tempos passados. Como o primeiro Natal em casa de Abe e El. Eles tinham-lhe dado mais presentes do que ele tinha recebido em todos os seus Natais juntos.

Abanou a cabeça, perguntando-se se deveria chamar a polícia. Não, espera mais um pouco. Queria estar enganado. Queria que a mãe dela voltasse para a ir buscar. Decide dar-lhe um pouco mais de tempo.

Separa os ramos, as agulhas que arranham fazem-lhe comichão.

A mãe e o pai de Benjamim nunca o teriam deixado sozinho desta maneira. Não de propósito. Morreram quando ele era pequeno, fizeram dele um órfão - sem terem culpa nenhuma. Acidentes aconteciam, sim, ele sabia o que eram acidentes. Um acidente explicaria tudo.

A menina tinha frio e tremia enquanto o sol descia cada vez mais no horizonte.

Não tendo nenhum casaco para lhe oferecer, tudo o que tinha para oferecer era uma cara amiga, mas primeiro precisava de pensar num Plano A. E quando o tivesse bem assente na sua mente, precisava de um Plano B.

Agacha-se atrás dos arbustos para pensar.

CAPÍTULO 7

KATIE

OUVE O VENTO A fazer cócegas nas árvores quando o dia se transforma em noite. Ouve ruídos atrás de si, mas tem medo de se virar. Em vez disso, agarra na outra mão da boneca e encosta-as ao peito.

Lembra-se de uma altura em que a sua mãe decidiu dar-lhe uma lição. Estavam no cinema. Ela disse que ia comprar mais pipocas.

"Não fales com ninguém e não te vires."

"Está bem, mamã."

Da fila de trás, o que Katie não sabia era que a mãe a estava a observar. Ela e outro homem, que não o Mark, esperaram até ela se virar.

"Ha!", ralhou a mãe.

"Ah, deixa-a em paz", tinha dito o acompanhante da mãe quando Katie desatou a chorar.

Mais tarde, ele saiu do teatro e elas tiveram de apanhar um táxi para casa.

A mãe de Katie prometeu-lhe que nunca mais voltaria a jogar esse jogo. Envolveu-se com os braços à volta de si própria.

CAPÍTULO 8

BENJAMIN

DEPOIS DE PENSAR NOS planos A e B, pensou no que iria dizer. "Vai correr tudo bem", sussurrou para si próprio. Não, soava a piroso. "Eu levo-te para um sítio seguro", sussurrou, será que isso a assustaria? Afinal de contas, ele era um estranho. Era uma situação complicada, e ele não queria dizer a coisa errada.

Ao mesmo tempo, tinha de pensar também na sua própria segurança. Era um adolescente, fora de casa até tarde, num parque público. Vigiava uma menina - certificando-se de que nada de mal lhe acontecia. Para os outros, a sua presença poderia ser mal interpretada.

Já para não falar que os rapazes sozinhos em espaços públicos podiam meter-se em todo o tipo de situações. Especialmente se aparecessem grupos

se aparecessem grupos de rapazes que quisessem saltar-lhe para cima ou provocar uma luta.

Uma vez, há muito tempo atrás, tinha sido perseguido implacavelmente por um grupo desses - só conseguiu fugir porque correu mais depressa. Só o facto de pensar nisso agora trazia-lhe de volta todos os terrores. Envolveu os braços à volta de si próprio.

Estabelece um limite de tempo. Se ninguém vier buscá-la dentro de trinta minutos", sussurrou, "então eu falo com ela".

Quando os trinta minutos chegaram e passaram, reviu os planos. Plano A, oferecia-se para ajudar, acompanhando-a a casa. Plano B: se ela não soubesse a morada, oferecia-se para a levar à esquadra da polícia. De qualquer forma, não sairia da zona ribeirinha até que esta pobre criança abandonada estivesse algures, em segurança.

CAPÍTULO 9

KATIE

SENTA-SE DIREITA, ALERTADA POR passos ao longe. Saltos altos. O seu coração incha. A tua mãe vem finalmente buscá-la!

Levanta a boneca e olha para o candeeiro da rua por cima dela. Imagina que a luz desce e a aquece. Deseja ter pensado nisso antes, porque já não tinha frio. A imaginação era uma coisa mágica; podias sempre pensar que as coisas más estavam longe.

Lembra-se das outras vezes em que a mãe a tinha deixado. Uma vez, tinha sido a única criança a ficar na escola no final do dia. Uma das professoras reparou e levou-a para falar com a directora, como se ela tivesse feito algo de errado. Não tinha feito nada.

Mais tarde, quando a mãe veio buscá-la, a directora ficou furiosa.

Noutras ocasiões, a mãe tinha-a deixado por longos períodos de tempo com pessoas que ela conhecia. Desta vez foi diferente. Estava sozinha.

Os saltos altos aproximam-se.

CAPÍTULO 10

BENJAMIN E KATIE

BENJAMIM AGITA-SE NO ARBUSTO sempre verde, observando a menina. Para ele, ela era como uma irmã mais nova, embora não se conhecessem. É mais sábio do que a sua idade. No sistema de acolhimento, tinha de proteger os outros. Uma ou duas vezes, teve de se pôr em risco porque ninguém lhe dava ouvidos. Olha para o telemóvel e respira fundo. O segundo período de trinta minutos tinha acabado. Depois, vai ter com ela.

Os saltos dos sapatos fazem barulho no passeio.

Tira a cabeça para fora dos arbustos, afastando um ramo. Queria ver o tão esperado reencontro feliz. Esta mulher não era a mãe. Continua a andar.

Suspira.

Até que a mulher volta para trás e se aproxima da menina no banco. Inclina-se e sussurra qualquer coisa.

"Desculpa, mas não estou autorizada a falar com estranhos", disse Katie, inclinando-se para trás.

A mulher cheirava como se tivesse tomado um banho no vinho tinto malcheiroso que a mamã e o Mark bebiam em copos de luxo. Usa os dedos para tapar o nariz.

"O meu nome é Jenny", disse ela. "Como te chamas?"

Ela não falou, mas continuou a tapar o nariz para afastar o cheiro.

"És muito nova para estares aqui sozinha. Onde estão os teus pais? A mulher olhou em volta e sussurrou: "Anda e diz-me o teu nome, assim já não seremos estranhos."

O Benjamim não conseguia ouvir nada, até que a mulher disse: "Levanta-te!"

E, num instante, lá estava ele, como se uma granada tivesse sido largada.

A mulher chamada Jenny estendeu a mão e tentou forçar Katie a pegar nela, mas ela continuava a segurar firmemente o nariz com uma mão e a boneca com a outra.

"Aí estás tu!" disse ele, abanando o dedo indicador para ela. "Eu disse-te para contares até dez e depois vires à minha procura!"

"Eu," disse ela, "desculpa."

"Tut", disse a mulher chamada Jenny, enquanto mexia na mala e tirava o telemóvel. Coloca-o ao ouvido, começa a falar e vai-se embora. Na escuridão, o som dos seus sapatos a estalar ecoava.

"Importas-te que espere aqui contigo?", perguntou ele. Ela acena com a cabeça e ele senta-se no banco ao lado dela. Quando

Quando o som dos saltos a estalar já não se ouvia, ele disse: "PU, já sei porque é que estavas a tapar o nariz!"

"O cheiro é mau, mas o sabor é ainda pior.

"Já provaste vinho?", perguntou ele.

"Uma vez, é segredo. A mamã não sabe."

"O teu segredo está seguro comigo", disse ele. "Queres que te acompanhe a casa?"

"Estou à espera da minha mãezinha. Ela deve vir buscar-me em breve." A sua voz vacilou e ela olhou para os pés.

"Há alguém a quem eu possa ligar para te vir buscar? Tens alguém?"

"Não. A mamã vem sempre."

"Então não te importas que espere aqui contigo?"

"Como queiras", disse Katie.

O trio sentou-se junto no banco do jardim. Uma menina de cabelo louro com uma boneca parecida e uma adolescente de cabelo escuro.

"Como é que te chamas?", perguntou ela. "O meu nome é Katie."

"Eu sou o Benjamin, mas podes chamar-me Benji, se quiseres."

"Uma vez vi um filme com um cãozinho chamado Benji. Ele parecia desalinhado, como tu."

Passa os dedos pelo cabelo.

"Oh, não era minha intenção", disse ela. "Quero dizer, tu não pareces muito desalinhado."

Ele riu-se e ela também. Durante algum tempo, ouviram as ondas a bater nas rochas e observaram as estrelas a dançar no céu por cima deles.

Ela estremeceu.

"Oh, tens frio. Quem me dera ter um casaco para te dar".

"Não importa, o que conta é o pensamento."

"Tens razão, é o pensamento. Mas também são as acções e intenções por detrás dos pensamentos que os inspiraram. O que eu quero dizer é, o que segues. Percebes onde quero chegar?" Ela acena com a cabeça.

Sentaram-se juntos, em silêncio, durante alguns momentos, antes de Benjamin voltar a falar.

"Sabias que podes pensar o oposto do que sentes e mudar tudo?"

"Eu sei que a imaginação é poder", disse ela com uma sobrancelha levantada. "Mas como?

"Ah, és cética?"

"Sou?", hesitou ela. "O que é que eu sou?"

"Um cético é uma pessoa que não acredita no que ouviu - a não ser que tenha provas. Queres que te mostre como, para mudar tudo?"

Ela sorriu: "Sim, por favor!"

Ele começou: "Quando tenho frio, canto uma canção na minha cabeça que é o oposto de ter frio..."

"Queres dizer quente?"

Ele acenou com a cabeça.

"Não conheço nenhuma canção quente."

"Se não conheces uma canção quente, inventas uma assim:

Hoje está um calor ridículo,
O meu gelado está a derreter.
Enquanto o sol brilha
Enquanto o sol brilha sobre mim.
O chocolate quando derrete.
Sabe ainda melhor
Com o sol a brilhar
Com o sol a brilhar tão quente".

"Eu conheço a melodia, mas a letra é diferente", disse ela.

"Ah, reconheceste que eu estava a cantar as minhas palavras para o Frère Jacques."

"És muito inteligente", disse ela.

"Sentes-te mais quente agora?"

Ela tinha parado de tremer e os arrepios nos braços tinham desaparecido. "Funciona!"

Continuam a cantar a canção juntos, ao som de Frère Jacques. Em breve, ao cantarem sobre comida, os dois sentem fome.

"Sabes assobiar?", pergunta ele.

Ela olha para os pés. "Não, mas não preciso de saber como - não se souber a letra".

"É verdade", disse ele.

Voltaram a olhar para o céu. Quando ela encontrou o homem na lua, fingiu que estava a

Quando encontrou o homem na lua, fingiu que estava a partir um pedaço de queijo da cara dele. Oferece primeiro uma dentada ao Benji.

"Este é o melhor queijo que alguma vez provei."

Dá outra dentada: "Estou tão cheia", exclama com um suspiro.

Fica em silêncio durante algum tempo.

"A que distância moras?

"Não é longe, mas com estas sandálias calçadas - que apertam - parece que é. Além disso, não tenho chave.

"Oh, sim, vejo que os teus tornozelos parecem vermelhos."

"Além disso, a minha mãe disse-me para não me mexer deste sítio.

Cruza os braços. "Está bem, nós esperamos, mas não é seguro para nós ficarmos aqui muito mais tempo."

"E a tua mãe e o teu pai?", perguntou ela, começando agora a sentir o frio outra vez e a cantar a canção do sol na sua cabeça.

"E a tua mãe e o teu pai?

"Desculpa", disse ela, dando-lhe uma palmadinha na mão.

"Não faz mal, aconteceu há anos." Ele ficou quieto, cantando a canção ensolarada na sua cabeça. "Tenho uma ideia. Podias vir para minha casa. Podias dormir na cama e eu na cadeira grande e confortável. Podíamos voltar de manhã e esperar pela tua mãe."

"Quando a minha mãe voltar, se eu me tiver mexido um centímetro, fica zangada.

"Eu explico-te tudo. Ela vai querer-te num lugar seguro. Comigo estarás em segurança."

"Oh," disse ela, olhando em volta. "Está escuro."

"Sim, e quando é tarde e está escuro - bem, podes estar no sítio errado à hora errada. Podem acontecer coisas terríveis."

Cruza os braços, sentindo agora frio outra vez.

"Não te quero assustar, mas acho que te devia levar para casa. Talvez a tua mãe já lá esteja à espera.

"Acho que não, mas..."

"Vale a pena tentar", levantou-se. "Vamos ver o que pensa a tua boneca." Dá alguns passos e inclina-se, como se a boneca lhe estivesse a sussurrar ao ouvido. "Oh, sim", diz ele. "Eu sei, mas de certeza que a mãe da tua amiga vai entender. Hmm. Sim."

"O que é que ela está a dizer?"

"Também quer ir para casa. Foi um dia muito longo." Depois para a boneca: "Mas os pés da Katie estão a doer muito, temos de te deixar aqui para eu a levar a casa."

"Não a podes deixar aqui. Ela é a minha melhor amiga.

"E é uma boa amiga, fazendo-te companhia aqui o dia todo."

Olha para o telemóvel, a bateria vai acabar em breve. Não podia andar com ela e com a boneca às costas. Deveria ligar para o 112 e pedir à polícia que viesse buscá-la? A opção era ir a pé até à esquadra, mas ficava a uma grande distância.

"Sabes o caminho, para a tua casa?"

"Acho que sim."

"Está bem, Katie, por isso estou a sugerir-te o Plano A."

"O que é o plano A?"

"O plano A é, eu levo-te a casa, para não teres de andar e magoar ainda mais os pés. Se a tua mãe estiver em casa, eu volto e trago-te a tua boneca. Parece-te bem?

"Sim, gosto do plano A."

"Agora o plano B", disse ele. "Se tens um plano A, deves ter sempre um plano B também."

Ela descruzou os braços e acenou com a cabeça.

"O plano B, só se a tua mãe não estiver em casa, pode ser de uma maneira ou de outra.

"De que caminho é que eu gosto mais?", perguntou ela, depois esperou que ele respondesse.

Reconsidera as opções. Devias chamar a polícia, ou levá-la para casa e voltar de manhã? Explica.

"Seja como for, tenho de deixar a minha boneca aqui, não é?"

"E se a escondêssemos ali, no arbusto de folhas verdes? Vai ser como se ela estivesse à tua espera debaixo da árvore de Natal! Depois, podemos voltar de manhã e ir buscá-la. Ela vai cheirar a Natal e pode contar-te tudo sobre a sua aventura".

Inclina-se e a boneca sussurra qualquer coisa. "Está bem", disse ela.

Uma parte dele esperava que a mãe dela estivesse em casa. A outra preocupava-se com o facto de a deixar com uma

mãe que não se preocupou em ir buscá-la. Ouve a voz de El na sua cabeça. Não julgues", dizia ela. Como sempre, El - esperava ele - teria razão.

El era casada com Abe. Eram os seus tutores legais, os seus senhorios e os seus patrões. Desde que abandonara o liceu, passava a maior parte do tempo com eles e sabia que eles compreenderiam - e quereriam ajudar.

Benjamin baixou o braço e fez-lhe uma vénia. "Minha senhora, estás pronta para ser transportada para casa?"

"Esqueci-me de uma coisa", disse ela, com o lábio num beicinho.

As sobrancelhas dele arquearam-se: "De que te esqueceste?"

"Não é suposto eu falar com estranhos.

"Sim, bem, já não somos estranhos. Tu sabes o meu nome e eu sei o teu nome, e estou encantado por te oferecer transporte de volta à tua humilde casa." Ele ajoelhou-se.

"Levanta-te!", ordenou ela, rindo, enquanto se punha de pé no banco. O Benji virou-se e ela pôs os braços à volta do pescoço dele, e logo se puseram a andar.

"Espera um minuto", ordenou ela, apontando para a boneca.

"Ups", disse o Benji, pegando na boneca. Esconde-a debaixo dos arbustos sempre verdes.

"Tens razão", disse a Katie. Tens razão," disse a Katie. "Isto aqui cheira mesmo a Natal."

"Já estás pronta para ir?"

Depois de ela lhe ter dito o que era, Benjamin introduziu o endereço de Katie no seu telemóvel.

Ela riu-se. "Importas-te que te faça uma pergunta?"

"Não, faz lá."

"É pessoal, sobre a tua mãe e o teu pai."

"Não me importo, já aconteceu há muito tempo. Pergunta à vontade."

"A mamã diz-me sempre que não devo ser muito pessoal."

"Não me importo."

"Tu falas com eles?"

Ele ficou surpreendido. Nunca ninguém lhe tinha feito essa pergunta. "Não", respondeu ele.

"Nunca, nunca?"

"Não."

"Vira-te outra vez para aqui." Ele virou-se. "Não achas que eles se sentem sozinhos sem ti?"

"Eu," ele não sabia como responder, por isso não o fez durante alguns minutos. "Eles deixaram-me sozinho. Foi um acidente, mas..."

"Não falas com eles porque achas que o acidente foi culpa deles?" Ela agarrou-se com mais força, encostando a cabeça ao ombro dele.

"Não estou zangada com eles. Eles não me abandonaram de propósito, mas sim, estou zangada."

"Com Deus?"

"Eu estava zangada com toda a gente, mas depois conheci os Julius. Eles acolheram-me e deram-me um lar. Ajudaram-me a construir uma nova vida. A fazer parte de uma família outra vez. Até me disseram que não havia problema em chorar. Como era um rapaz, não estava habituado a que não houvesse problema. És uma menina, por isso não devo colocar os meus problemas em cima de ti. Acho que devíamos falar de outra coisa".

O anjinho não disse nada durante alguns minutos. Dormia profundamente.

Rapidamente descobre que ela tinha razão quanto à distância. Não era de todo muito longe.

A primeira coisa em que repara imediatamente é que a casa dela está completamente às escuras. Esperava pelo menos ver a luz do alpendre acesa para receber a criança em casa. Em vez disso, também estava escuro como breu e teve dificuldade em

e tem dificuldade em encontrar a campainha. Toca algumas vezes mas, como esperava, não há resposta.

Dá um passo atrás e passa os olhos por todas as casas em redor, de ambos os lados da rua. Também elas estavam todas envoltas em escuridão, embora por um segundo pensasse ter visto uma cortina a mover-se no último andar da casa do outro lado da rua. Não tendo outra escolha, volta para trás por onde veio.

A pequena Katie não era pesada, mas ia ficar mais pesada com o passar do tempo e, para chegar a casa dele, ainda era uma longa caminhada. Mas estava super contente por não ter concordado em levar a boneca. Esperava que ela estivesse suficientemente segura onde estava.

Ela levantou a cabeça: "Reparaste?"

"O quê?"

"Às vezes a cortina move-se para o outro lado da rua. A mamã diz que temos um vizinho bisbilhoteiro."

"Oh, não reparei em nada. Mas os teus vizinhos são simpáticos?"

"Não sei. A mamã diz-me sempre para não falar com estranhos."

"Mesmo com os teus vizinhos?"

"Sim, especialmente os nossos vizinhos bisbilhoteiros."

"Pronto, Katie, acho que agora estamos no plano B."

Ela bocejou. "Plano B."

"Sim, minha senhora", disse ele, acelerando o passo. Ela ressonou no seu ombro, enquanto uma sirene tocava. Fecha os olhos quando o vento levanta poeira e pedaços de papel. Um cão ladra ao longe.

Ela levantou a cabeça quando chegaram à porta da casa dos Julius. "Já chegámos", disse ele, "mas, shhh, a El e o Abe estão a dormir. O meu apartamento é já ali em cima. Aponta para o cimo das escadas. Quando chegaram ao cimo, ela ressonou alto. Tira-lhe as sandálias apertadas e depois deita-a na cama.

Ela estava meio a dormir, "Tenho de fazer xixi", disse.

Ele mostrou-lhe onde era a casa de banho e depois foi para a kitchenette onde lhes preparou sandes de queijo tostadas e cacau quente.

"Onde estás, Benji?", perguntou ela quando saiu da casa de banho.

"Aqui mesmo", disse Benjamin, levando as sandes e o cacau num tabuleiro.

Depois de comer, Katie bocejou o maior dos bocejos e instalou-se para dormir. Ele aconchegou-a e reparou que ela já dormia profundamente.

Tira os sapatos e as meias e deita uma manta sobre si próprio na cadeira confortável. Também ele adormeceu num instante.

CAPÍTULO 11

BENJAMIN E ABE

DE MANHÃ, QUANDO O primeiro vislumbre de luz entrou pelas cortinas, Benjamin acordou. Estica-se e, por um instante, esquece-se porque é que estava a dormir na cadeira confortável. O cobertor saiu de cima dele e caiu no chão. Levanta-se e, apesar de ser um homem jovem, o seu corpo dói-lhe. Teria de mudar o nome da cadeira, pois já não a considerava uma cadeira confortável.

Sacudiu as dores e depois os seus olhos caíram sobre Katie. Sussurra o nome dela, embora ela esteja a ressonar. Como se ela soubesse que ele estava a pensar nela, levantou a mão. Ele pensou que ela devia estar a sonhar com a escola. Ela murmurou qualquer coisa inaudível, baixou a mão, virou-se para a janela e voltou a adormecer.

Benjamin deixou-a a dormir, deixando a porta entreaberta para a poder ouvir se ela acordasse.

Enquanto se afastava da porta, pensou se ela seria o tipo de criança - como ele tinha sido - que ficava com medo quando acordava num lugar desconhecido. Como ela tinha dito que a mãe a deixava muitas vezes com outras pessoas - mas que voltava sempre para a buscar - ele preferia ser mais cauteloso, por precaução.

Na casa de banho, arrumou-se e depois pôs a chaleira a ferver na sua kitchenette. Desejava uma chávena de chá quente e doce e umas torradas com manteiga.

Enquanto esperava, pensou nas famílias e em como as perguntas de Katie lhe tinham despertado alguns assuntos por resolver na sua mente.

Os seus pais tinham morrido, deixando-o órfão. Apercebeu-se de que os culpava por o terem deixado, apesar de não terem tido culpa nenhuma. Como não tinha outros familiares de sangue, foi para o sistema de adoção. Fecha-se, protege-se

fechou-se, protegeu-se nesse sistema depois de a sua primeira experiência ter sido num lar abusivo.

Depois dessa experiência, passou de uma criança de luto a uma criança aterrorizada. Depois, em vez de o mudarem para um lar seguro, mudaram-no para um ainda pior. E depois para outro e mais outro. Na altura, pensou que merecia a má sorte, mas agora sabia que devia ter sido protegido lá. Em vez disso, não tinha ninguém em quem confiar e entrou em modo de luta ou fuga. Como era demasiado pequeno para lutar por si próprio contra todos os adultos e outras crianças das casas, fez a segunda opção. Talvez fosse por isso que ele sentia a necessidade de culpar os pais depois de tantos anos, porque ele tinha que culpar alguém além de si mesmo.

Depois de ter fugido, eles apanharam-no e, mais uma vez, colocaram-no num lar onde foi maltratado física e mentalmente. Em alguns casos, preferia os físicos aos psicológicos. E, mais uma vez, foge para nunca mais confiar em ninguém.

Então, por mero acaso, cruza-se com El e Abe. Estavam a dar um passeio noturno, de mãos dadas. Eram velhos, talvez com o dobro da idade dos teus pais. Quando lhes abre o seu coração, El abraça-o. Dá-lhe de comer. Abe ouve. El convida-o a ir dormir no seu quarto de hóspedes. Desde então, nunca mais saiu de casa, a não ser quando se mudou do quarto de hóspedes para o seu próprio apartamento. Foi no seu décimo terceiro aniversário.

Enquanto mexe o chá e põe açúcar, pensa na mãe de Katie. Teria ela regressado? Estaria ainda lá quando Katie acordasse? Espera que sim. Esperava que ela ficasse tão feliz por a filha estar a salvo. Tão feliz e tão aliviada que nunca mais a abandonaria. Mas os maus pais são sempre maus pais. Os leopardos não mudavam de mancha.

Imaginou a mãe da Katie a encontrar a boneca escondida nos arbustos. Entrava em pânico e chamava a polícia? As impressões digitais dele estariam por todo o lado. Mesmo assim, ele

Mesmo assim, não mudaria nada, mesmo que pudesse, porque tudo o que ele queria era ajudá-la.

Segurando a sua caneca, ele andava de um lado para o outro. Talvez devesse ter levado a criança para a esquadra. Agora, podia dar por si a ser incomodado. Mesmo quando os adolescentes diziam a verdade, quando confessavam - os adultos não acreditavam neles. Não se houvesse outro adulto envolvido.

Bebeu mais um gole, enquanto alguém batia à porta do seu apartamento. Era o Sr. Julius, Abe, o seu tutor, senhorio e patrão. "Vem comigo, shhh", disse ele enquanto Abe o seguia pelas escadas até ao seu apartamento. Benjamin mostra a Abe a Katie adormecida. Como ela tinha tirado os cobertores, ele entrou em bicos de pés e voltou a colocá-los sobre ela. Em silêncio, voltaram para a cozinha.

"Quem é ela?" perguntou Abe.

Benjamin hesitou, sem saber por onde começar. "Chama-se Katie e a mãe dela não a foi buscar

e a mãe não a foi buscar ontem à beira-mar. Não sabia mais o que fazer, por isso trouxe-a para aqui."

Abe disse a Benjamin que a devia ter levado diretamente para a esquadra da polícia.

Benjamin abanou a cabeça. "Ela estava demasiado cansada e assustada." Levantou-se e desligou o telemóvel que estava a recarregar: "Posso ligar-lhes agora."

"Espera", disse Abe. "Vamos pensar nisso agora que ela está aqui." Beberam mais chá em silêncio. "Fizeste o que estava certo. Estou orgulhoso de ti."

"A Katie e eu falámos sobre levá-la à esquadra ontem à noite. Decidimos esperar, dar outra oportunidade à mãe dela esta manhã. Além disso, deixámos lá a boneca dela. É em tamanho real, uma das importações de Natal que vendes."

Abe sorriu. "A sério? Não me lembro dela, mas talvez a El se lembre. Mas tenho a certeza que não somos a única empresa que vende bonecas.

"É verdade", disse Benjamin. "Queres mais chá?"

Abe acenou com a cabeça e depois de um momento de silêncio. "Acho que todos os pais merecem uma segunda oportunidade, mas se ela não aparecer esta manhã, vou chamar a polícia."

Benjamin pôs mais chá na chávena de Abe. Hesitou, depois sussurrou. "Se a mãe da Katie a der como desaparecida depois de eu a ter trazido para aqui, eles vão andar à minha procura. Até me podiam prender se eu voltasse para ir buscar a boneca."

"Espera um minuto", disse Abe. "Alguém te viu?"

"Uma mulher, tentou convencer a Katie a ir com ela."

"E mais ninguém?"

"Um agente falou com ela um pouco mais cedo, mas não voltou. Não me viu com ela."

"Não vale a pena preocupares-te com os possíveis e os possíveis", disse Abe. "Não podias deixá-la lá a noite toda. É pura negligência, para não falar de um crime por parte da mãe. Se ignorasses a criança, serias cúmplice." Bebe um gole. "Embora tenhas feito a coisa certa, o rapto da criança também é um crime.

Benjamin engoliu, "Eu, eu trouxe-a para aqui, para um lugar seguro."

Abe deu uma palmadinha nas costas da mão do adolescente. "Eu sei, e tu sabes disso, mas será que a polícia vai acreditar na tua história?"

Benjamin afastou a mão dele, pondo-se de pé. Começa a andar. "Quando ela acordar, levo-a diretamente para onde a mãe a deixou. Explica à mãe dela. Ela vai compreender. Eu faço-a compreender."

Abe também se levanta. Pega na chávena e enxagua-a. "Isso seria corajoso. Mas e se a mãe negligente te acusar de teres levado a filha para te safares

para te livrares de problemas? Quero dizer, se ela der a filha como desaparecida. Já pensaste no que aconteceria, nesse caso?"

Benjamin sentou-se e pôs as mãos de cada lado da cabeça. "Então o que queres que eu faça?"

"Vai à beira-mar e vai buscar a boneca. Se a mãe lá estiver, então é excelente, trá-la de volta para aqui contigo. Se não, volta e deixa-me tratar do assunto com o Sargento Miller, na esquadra. Lembras-te do Alex Miller?"

"Sim. Obrigado, Abe."

"Tu, quem?", disse El do andar de baixo.

"Vem ver", disse Benjamin, "sobe as escadas." Quando ela estava no topo, ele pôs o dedo nos lábios, "Shhh." Ela acenou com a cabeça e eles entraram em bicos de pés no quarto de hóspedes, onde Katie ainda dormia profundamente.

"Uma criança. Mas que raio?"

"Não te preocupes, eu conto-lhe os pormenores. Entretanto", disse Abe, "vais à beira-mar enquanto a criança dorme. Se a mãe dela não estiver lá, volta logo para lá."

Benjamin acenou com a cabeça. "Obrigado, Abe e El. Eu vou-me embora."

Abe explica tudo à sua mulher. "Tenho curiosidade em saber se a mãe já fez este tipo de coisas no passado."

"Era isso que eu também queria saber", disse El.

Entretanto, Benjamin correu para a zona ribeirinha onde foi buscar a boneca. O teu telemóvel vibrou.

"Tens algum sinal da mãe?" Abe mandou-te uma mensagem.

"Não, mas tenho a boneca. Vou voltar agora."

Abe enviou-lhe um emoji de polegar para cima. Diz a El: "Não há sinal da mãe da criança e tenho de me preparar para a abertura da loja.

"Eu fico aqui com ela", diz El. Senta-se na cadeira enquanto a Katie dorme. Algum tempo depois, El foi arrumar-se para se preparar para o seu turno.

CAPÍTULO 12

KATIE E BENJAMIN

A Katie e a sua boneca estavam lado a lado numa enorme roda gigante, dando voltas e mais voltas. Quando chegava ao topo, parava, enquanto as suas pernas ficavam penduradas na borda. Ela agarrou-se à barra. Por um segundo, sentiu-se segura e protegida. Até que a barra se dissolveu entre as pontas dos seus dedos e o carro começou a balançar. Para trás e para a frente, depois de um lado para o outro. Ao longe, o vento uivava, depois um cão uivava. A boneca começou a escorregar. Ela esticou-se para a agarrar e o carro tombou, e eles caíram.

Gritou!

Nessa altura, o Benjamim já tinha voltado. Entra a correr no quarto. "Acorda a Katie", disse ele. "Estás a ter um pesadelo."

Quando se apercebeu que estava em segurança, Katie atirou os braços à volta dele e agarrou-se a ele com toda a força. Quando a respiração abrandou, bocejou e disse: "Estou cheia de fome!"

"Ainda bem que estás convidada para o pequeno-almoço com o Abe e o El, anda."

Saíram do apartamento de Benjamim e entraram em casa. Na cozinha, Benjamin deitou oito ovos numa panela de água a ferver. Pede a Katie para ir à torradeira, pois precisavam de oito fatias.

"Adoro torradas de soldados!" exclamou Katie. Quando o pão está torrado, põe-lhe manteiga. Corta-o em tiras: o tamanho perfeito para mergulhar nas gemas de ovo.

"Com o que é que estavas a sonhar?" perguntou Benjamin. "Às vezes é melhor partilhares um sonho mau. Se quiseres".

"Não quero pensar nisso", disse Katie, sentando-se à mesa da cozinha.

A Sra. Julius, El, apareceu na cozinha. "Olá", disse ela com um sorriso na sua direção.

Katie, empurrando a cadeira para trás, correu para El e pôs os braços à volta da cintura da estranha. Abraça-se com força, como se já se tivessem conhecido.

El deu-lhe uma palmadinha na cabeça durante muito tempo, lutando contra as lágrimas, e depois empurrou-a para a mesa.

Benjamin ficou a olhar, compreendendo o que Katie sentia. El, tinha aquele tipo de rosto, aqueles olhos, de onde brotava a bondade, a gentileza. Ele próprio tinha gostado dela imediatamente e agora Katie estava a fazer o mesmo.

"Bem, é melhor levar isto para a loja para que o Abe possa comer qualquer coisa", disse El. "Tu sabes como ele detesta trabalhar sozinho na loja. Sabes como ele detesta trabalhar sozinho na loja. Este mimo vai ser uma surpresa bem-vinda."

Benjamin trouxe os ovos em taças para a mesa.

Quando sai, fecha a porta atrás de si.

"É uma senhora simpática, não é?"

Katie sorriu com os seus olhos e com o seu sorriso. "Sim, é a minha primeira amiga instantânea."

Benjamin abanou a cabeça. "Amigo instantâneo - essa é nova para mim." Toca na parte de cima de um dos ovos, que ainda estão demasiado quentes para serem abertos.

Katie respirou fundo, depois fechou os olhos. Volta a abri-los. "Magoei os teus sentimentos? Porque tu e eu não éramos amigos instantâneos?"

Benjamin sorriu. "Não, de todo. Abre o primeiro ovo. "Estava só a pensar." Põe um pouco de manteiga e sal no ovo, depois abre outro e faz o mesmo.

"Nunca conheci a minha avó. El, parecia a avó da minha cabeça - por isso é que ela é uma amiga instantânea."

"Faz sentido."

El regressou e os três mergulharam os seus soldados de pão nos ovos escorridos.

"És mesmo uma excelente cozinheira," disse Katie.

Ele sorriu enquanto limpavam e punham os pratos sujos na máquina de lavar louça. "Toca a andar. Lembra-te, temos coisas para fazer."

"E sítios para ver," riu-se ela.

"Ainda bem que estás aqui", disse El.

***

BENJAMIN PENTEIA O CABELO de Katie, que ele reparou que cheirava a mel e canela.

"Aposto que a minha mamã anda à minha procura. Podemos ir procurá-la agora à beira-mar?"

Com um sorriso, Benjamin sai do quarto e pergunta: "Não te esqueceste de ninguém? Volta alguns segundos depois, escondendo algo atrás das costas. "Voilá!" exclama enquanto revela a boneca a Katie.

Ela pôs os braços à volta do pescoço da boneca, choramingando e sussurrando que tinha tantas saudades da sua gémea. Benjamin tinha razão, a sua boneca cheirava mesmo a manhã de Natal, e isso era bom. O que não era assim tão bom era que ela se sentia um pouco encharcada em alguns sítios. Faz uma careta.

"Ah, reparaste que ela está um pouco húmida," disse Benjamin. "Trá-la para perto do ventilador e ela vai ficar boa como a chuva num instante".

Juntos, colocaram a boneca perto do aquecedor e depois Benjamin sugeriu. "Gostavas de aprender a lavar os dentes com o dedo? Isso é até te darmos uma escova de dentes?"

Katie gritou e divertiu-se a aprender. Depois, Benjamin calçou-lhe as sandálias.

"A tua mamã não estava lá, à beira-mar, quando fui buscar a boneca esta manhã."

O teu lábio inferior abriu-se. Treme.

Olha para os pés. "Não te preocupes. O Sr. Julius, quer dizer, o Abe, tem um amigo que trabalha na esquadra da polícia."

"Oh, não", disse Katie.

"O que é que se passa?"

"Eles vão descobrir."

"Descobre o quê?"

"Não te posso dizer, mas não quero que a minha mãe se meta em sarilhos."

"Não te preocupes, o amigo do Abe é um bom homem. Vai saber como ajudar. Entretanto, tu e eu podemos estar com o El hoje."

A criança acena com a cabeça.

"Talvez ela até te deixe ajudar na loja, como uma menina crescida."

Katie sorriu. De momento, estava distraída dos seus problemas.

CAPÍTULO 13

ABE E POLÍCIA SARGENTO MILLER

Abe pede à mulher que se ocupe da loja e já vai a pé ter com o seu amigo da esquadra, o Polícia Sargento Alex Miller. Reconsidera o plano de lhe telefonar. Uma visita em pessoa seria melhor, pois eram amigos de longa data.

Quando se conheceram, há alguns anos, Alex era um jovem oficial e um novato. Abe estava a trabalhar na sua loja, quando dois homens armados entraram e roubaram o dinheiro da caixa registadora. Abe escapou com um ligeiro golpe na cabeça. Estava tão grato por a sua mulher ter ido ao grossista nesse dia.

Depois de contactar a polícia, esta enviou Alex com um agente mais graduado. O agente mais velho sugeriu que Abe contratasse alguém para vigiar a porta. Diz que

Disse que era isso ou pagar por um sistema de segurança caro. Abe não tinha dinheiro para nenhuma das opções.

Preencheram um relatório e saíram, mas Alex voltou. Oferece-se para fazer o luar - por uma taxa. Como era um agente jovem, não lhe enviavam muitas horas.

Abe concordou em pagar a Alex duas horas por dia e tornaram-se amigos. Alguns meses após o início da relação de trabalho, outra loja na mesma rua que a de Abe foi assaltada. Alex prendeu os dois criminosos sozinho. Mais tarde, Abe identificou-os num reconhecimento e os bandidos foram enviados para a prisão.

Depois disso, Alex começou a subir na hierarquia. No entanto, ele e Abe mantiveram-se em contacto e, quando Alex se casou, ele e El estiveram presentes. Quando tiveram o seu primeiro filho, ele e El foram convidados para o batizado. Uma menina, seguida de dois rapazes gémeos. Ao longo dos anos, Abe e El foram ao Natal e ao Dia de Ação de Graças na casa dos Miller.

Depois, quando o Benjamin entrou nas suas vidas e o Alex foi promovido a Sargento, perderam o contacto no que diz respeito a assuntos familiares, mas mesmo assim conseguiram

mas ainda conseguiam encontrar-se de vez em quando para um café.

Ao chegar à esquadra, pede na receção para falar com o Sargento Miller, que lhe diz não estar disponível. Abe ficou sentado na sala de espera durante algum tempo, até que viu um cartaz do outro lado da sala com fotografias de crianças. Crianças desaparecidas.

Depois de limpar os óculos, Abe aproximou-se para ver melhor. Nenhuma das crianças tinha cabelo comprido e louro. Satisfeito por a criança chamada Katie não estar entre as que estavam no cartaz, voltou a sentar-se.

O sargento Miller chegou e os dois amigos apertaram as mãos. Miller sugeriu que se afastassem da esquadra para um café a curta distância. "Não seremos incomodados lá, e estou a precisar de uma pausa."

Sentaram-se numa cabine de café e Abe perguntou como estavam todos em casa.

"Já lá vai algum tempo, velho amigo, não é verdade? Eles estão bem, obrigado", disse Miller. Abre o telemóvel e mostra a Abe um pequeno vídeo da cerimónia de graduação dos gémeos no liceu. "Henry quer ser médico", disse Alex com orgulho. "O Jimmy quer ser advogado. Folheia mais fotografias e depois pára. "E a Jenny, porque é que ela e o Will acabaram de nos dar o nosso primeiro neto. É uma beleza." Deixa a fotografia aberta para Abe ver e volta a preparar o seu café, juntando-lhe dois cremes e um adoçante.

"Ah, ela é muito gira. Parabéns a ti e à tua mulher por serem avós pela primeira vez." Bebe um gole do café. "Ah, e um médico é uma profissão muito respeitada e ir para Direito também. Ambas são opções de carreira mais seguras do que a tua linha de trabalho." Ele riu-se e mexeu a chávena de café.

"Isso é certo", concordou Alex enquanto bebia um gole. O café forte queimou-lhe os lábios, mas mesmo assim bebeu mais um gole.

"O mundo está a ficar cada vez mais perigoso", continuou, "e eu espero reformar-me num futuro não muito distante. Além disso, não quero ter de me preocupar com o facto de os meus filhos arriscarem as suas vidas quando posso finalmente pôr os pés no chão e relaxar."

Os dois amigos bebericam e mergulham os donuts nos seus cafés.

"Então, o que te traz aqui hoje para me veres?" perguntou Alex, olhando para o relógio. "Espero que a tua mulher não te esteja a causar problemas."

Abe sorriu. "Não. Hesitou. "Tenho um amigo."

"Oh, não, não é a piada do "tenho um amigo"."

Abe continuou: "Tenho um amigo," sorriu, "que está um pouco aborrecido."

"Conta-me mais."

"Encontrou uma criança, na orla marítima, ontem à noite, sentada sozinha. Abandonada pela mãe. Leva-a para um lugar seguro."

"O teu amigo é um bom cidadão", disse Alex. "Então, neste cenário, como posso ajudar-te?"

"O meu amigo está a pensar se não estará em maus lençóis por se ter envolvido na situação. Ele é menor de idade e a criança estava demasiado traumatizada para a levar à esquadra. Se o meu amigo se apresentasse agora, será que teria problemas por atrasar a denúncia?"

Alex reflectiu sobre o assunto. "Conheces bem este rapaz?"

Abe sentou-se direito: "Lembras-te do Benjamin?"

Alex acabou de beber o seu café. A empregada voltou e perguntou-lhes se queriam mais alguma coisa. Quando recusaram tudo, exceto a conta, ela retirou as canecas.

"Oh, sim, lembro-me dele. Um rapaz simpático e bem-educado, que aprecia a sorte que tem em ser membro da tua família."

"Sempre foi como um filho para nós", disse Abe. "E por falar em família e filhos, queria saber uma coisa.

"Estou a ouvir."

"Vi um programa na outra noite, Matlock, lembras-te?"

"Sim, mas está um pouco desatualizado - especialmente os fatos brancos dele." Miller riu-se.

"Sim, lembro-me de quando eram populares - fatos brancos e espátulas. Sim, sou assim tão velho."

Ri-se e depois continua. "No programa, diz que uma pessoa não pode dar o seu filho como desaparecido durante vinte e quatro horas. É um programa americano, como sabes, mas gostava de saber se é o mesmo aqui."

"No Canadá, uma criança pode ser dada como desaparecida em qualquer altura. Não há período de espera."

"Não sabia disso", diz Abe. "Interessante."

"A maioria das pessoas pensa que são vinte e quatro horas", disse Alex. A maioria das pessoas pensa que são vinte e quatro horas", disse Alex. "Esta desinformação pode ser atribuída a repetições e notícias falsas."

Abe riu-se. "Então, desde ontem que alguém deu conta do desaparecimento de uma criança, quero dizer, aqui na cidade?

"Não que eu saiba", disse Alex. "Pode ser que eu ainda não saiba. Às vezes, há coisas que chegam à esquadra. Aproxima-se mais. "Preciso de saber - onde está a criança agora?"

"Benjamin apresentou-nos a ela esta manhã. A El está a fazer um grande alarido, como podes imaginar."

O Sgt. Miller acenou com a cabeça quando o seu telefone tocou. Precisavam dele na esquadra.

Pergunta se uma criança, uma menina, tinha sido dada como desaparecida nas últimas vinte e quatro horas. Desliga o telefone. "Não há novos relatos de crianças desaparecidas."

"Estou a ver", disse Abe. "O que deves fazer agora?"

O Miller disse: "Se a trouxeres para a esquadra, tomamos conta dela até a Proteção de Menores entrar em ação."

"Ela instalou-se tão bem connosco."

"Sim, deixá-la contigo neste momento pode ser a melhor opção. Enquanto investigamos. Detestaria vê-la ser enviada para o sistema de adoção prematuramente. Especialmente se for a tua primeira infração."

"Nós mantê-la-íamos segura."

"Eu sei que sim, mas tenho de falar com o meu chefe. Do meu ponto de vista, provavelmente é melhor deixá-la onde está." Levanta-se. "Há mais alguma coisa que me queiras dizer, antes de eu fazer perguntas?"

"Benjamin regressou hoje à zona ribeirinha na esperança de que a mãe da criança estivesse lá - não estava.

"Ainda bem que ela não voltou", disse Miller. "Isto precisa de ser investigado. Para ver se ela é reincidente." Verifica a hora novamente. "Que idade tem a criança?"

"Não sei ao certo, mas calculo que tenha sete ou oito."

Miller saiu do café a falar ao telemóvel e voltou alguns minutos depois. "Ela pode ficar contigo por enquanto. Entretanto, vou pedir aos meus agentes para estarem atentos a uma mulher que vagueia à beira-mar. Fazes ideia de como ela é?

"Não, tens de falar com o Benjamin. Ou posso perguntar-lhe por ti e depois digo-te?"

"Claro. Descobre e manda-me uma mensagem." Estende a mão, que é recebida calorosamente.

"Obrigado", disse Abe.

Miller acrescentou: "Aconteça o que acontecer, não entregues a criança. Se a mulher aparecer, empata-a e liga-me. Liga-me a qualquer hora, vinte e quatro e sete. Quero falar com ela - diz-lhe o porquê. E certifica-te de que ela é legítima e compreende os erros que cometeu. Se for necessário, chamo os Serviços Sociais."

Abe disse que enviaria uma mensagem com a descrição da mulher o mais depressa possível.

"Bom homem," disse o Sgt. Miller, enquanto se separavam à porta do café.

Abe, em vez de ir diretamente para casa, foi para o Waterfront. Senta-se num banco e ouve as gaivotas e as ondas. Depois de trinta minutos sem ver ninguém, regressa à loja, onde a mulher sai para o cumprimentar.

"Tão bom como o ouro", diz El enquanto beija o marido primeiro na face esquerda e depois na direita.

Repara que a mulher tem um passo mais firme e que as suas faces estão coradas. Lembra-lhe os dias em que namoraram pela primeira vez.

***

DEPOIS DE FALAR COM El sobre o seu encontro com o Sargento Miller, Abe perguntou às crianças o que estavam a ver na televisão.

"É o SpongeBob SquarePants", disse Katie. "Tem piada.

"Podes contar ao Benjamin o que aconteceu mais tarde, se não te importares? Porque eu gostava de falar com ele lá fora por um momento ou dois."

Ela acenou com a cabeça.

"Descobriste alguma coisa, lá na esquadra?" Benjamin perguntou depois de fechar a porta atrás de si.

"Já te ponho ao corrente, mas neste momento o Sargento Miller quer que eu lhe transmita uma descrição da mãe da Katie por SMS." Entrega o telemóvel a Benjamin. "Vai em frente e escreve a informação. És um datilógrafo mais rápido."

O Benjamin fez clique: Olá, Sargento Miller. Fala o Benjamin. A mãe de Katie usava um vestido escuro sem mangas, um lenço vermelho e sapatos de salto alto. O seu cabelo era escuro, quase preto e usava óculos escuros ontem quando o sol estava a brilhar."

"Altura?" Miller respondeu.

"Aproximadamente 1,70 m. - sem os saltos."

"Obrigado. S.A.M."

Benjamin devolveu-te um emoji de polegar para cima. "Então, diz-me o que descobriste sobre a Katie.

"No início, falei-te disso como uma hipótese. Falámos e depois contei-lhe os pormenores."

"Está bem, é justo."

"Posso confirmar", disse Abe, "que ela ainda não foi dada como desaparecida."

"Deve ter acontecido alguma coisa à mãe dela. Espero que ela esteja bem."

"O Sargento Miller, Alex, disse que fizeste bem em trazê-la para aqui. Os agentes dele vão estar atentos à mãe. Se ela aparecer, leva-a para ser interrogada. Se houver novidades sobre a Katie, avisam-nos."

"Mais uma vez, obrigado, Abe."

"Como é sábado e a Katie não tem de ir à escola, isso é bom. Espero que tudo esteja resolvido antes de segunda-feira e que ela volte às aulas como se nada tivesse acontecido."

"Sim", disse Benjamin, já a pensar nas saudades que teria dela quando se fosse embora.

El entrou no corredor e o trio sussurrou em conjunto.

"Nós, o Abe e eu, achamos que ela ficaria mais confortável no quarto de hóspedes."

Benjamin pareceu desapontado e o seu olhar foi para o chão.

El tocou-lhe no braço. "Eu posso ficar de olho nela quando vocês estiverem a cuidar da loja. Podemos fazer coisas de raparigas."

Abe interveio: "Tu também precisas de dormir, Benjamin, e essa cadeira velha não é adequada para dormir."

"Há anos que andamos para mandar substituir aquela coisa velha."

"Está na minha lista de afazeres," disse Abe. "Um dia destes, vou acabar por a estofar."

"É melhor deitá-lo fora ou usá-lo como lenha. Tenho andado a pensar em arranjar um pouco a sala. As estantes também precisam de ser retocadas.

"Vou pôr isso na lista."

El dá-lhe um beijo na testa. "Seria bom tornar o quarto mais feminino."

"Ela só vai ficar cá por pouco tempo."

"Eu sei, eu sei. Mas faz-me pensar na minha irmã mais nova, a Sammy. Samantha. As travessuras que costumávamos fazer juntas." Olha de relance para o marido. "Sempre quis ter uma menina minha - esta é a segunda melhor coisa. Mesmo que seja só por um bocadinho."

Abe pôs o braço à volta dela. "Já percebi, vocês os dois querem brincar juntos."

El deu-lhe um beijo na cara e os três abraçaram-se em grupo.

Quando se separaram, Abe perguntou: "A Katie sabe a morada dela?"

"Sabe, e fomos lá ver ontem à noite. Não estava ninguém em casa e ela não tem a chave. Fica na Ontario St., número 74."

Abe acedeu ao Google Maps no seu telemóvel e introduziu a morada com o plano de ir a casa. Depois de dar uma vista de olhos, informa o seu amigo, o Sargento Miller, da morada. "A criança vai precisar de coisas", disse Abe, dando o seu cartão de crédito a Benjamin. "Compra roupa casual, pijamas, sapatos decentes, meias e roupa interior. E uma escova de dentes."

Benjamin arrumou a cozinha enquanto Abe falava sobre a sua visita à esquadra da polícia. "Ah, e mais uma coisa, se a Katie vir a mãe, ou vice-versa, não a devolvem. Eles querem falar com a mulher primeiro, na esquadra."

Katie entrou na cozinha: "A minha mãe está em apuros?"

"Não, não querida," disse Benjamin. "A polícia quer certificar-se de que ela está bem, é só isso." Acaricia-lhe o cabelo. "Agora lava a cara e escova o cabelo." Ela entrou na casa de banho e fechou a porta.

"E se a mãe dela faz uma cena? Quero dizer, se me vê a mim, um estranho com a filha?"

Abe sussurrou: "Ela abandonou a sua própria filha. Qualquer pessoa podia tê-la levado, por isso duvido que faça uma cena." Verifica se Katie não tinha saído. "Além disso, a pobre mulher pode não estar bem da cabeça. Se ela vir a criança, liga para a polícia e fica quieta. Pergunta pelo Sgt. Miller. Ele lembra-se de ti e vai tratar de tudo."

Benjamin sentou-se e ficou calado.

"Vejo que te preocupámos", disse Abe. "A criança vai saber do que gosta e do que precisa, e o pessoal vai ajudar-te."

Benjamim olha para os pés, não sabe nada sobre comprar roupa para uma menina.

El disse: "Queres que vá contigo?" Olha para o marido. "Se não te importas? Passa das três, por isso não vai ficar muito ocupado outra vez."

Benjamin acenou com a cabeça. "Por favor, Abe."

Katie imitou as palavras de Benjamin. "Por favor, Abe."

Não conseguindo resistir, Abe acenou com a cabeça.

"Vamos às compras, para ti," disse Benjamin. "Tu, a El e eu."

Katie gritou de alegria.

CAPÍTULO 14

COMPRAS

Em pouco tempo, Katie tinha tudo o que estava na lista.

"Agora vamos comer qualquer coisa", sugeriu El.

Entraram num café na rua principal. Katie pediu um batido de morango, El pediu um chá forte e Benjamin uma coca-cola com gelo.

Bebe o batido. "Queres perguntar-me uma coisa, não é, El?"

El acena com a cabeça. "Como é que conheceste aquela criança?

"Não faz mal se me perguntares. Não me importo."

El hesitou e depois perguntou: "Qual é a tua cor preferida?"

Katie riu-se, claramente não era a pergunta que esperava. "Não tenho uma cor preferida. Porquê escolher uma, quando há tantas?"

El sorriu. Não era a resposta que ela esperava.

"Tenho uma pergunta", perguntou Benjamin. Hesitou enquanto El e Katie esperavam. "Quem te comprou a boneca? Foi a tua mãe?"

Katie bebeu mais batido pela palhinha. "Foi ele", disse ela.

El aproximou-se mais: "O teu pai?"

"Não, foi o Mark, o amigo da minha mãe. Foi um presente. Traz-me sempre presentes.

"No Natal? Ou para o teu aniversário?" perguntou Benjamin.

"Não, não traz presentes para nada. Aparece e traz-me qualquer coisa."

"Oh," disse Benjamin, olhando de relance para El. "Então, como está o teu batido?"

"Sabe a céu", disse Katie, depois pôs o dedo sobre os lábios.

"O que é que se passa?" perguntou El.

"Estou só a pensar..."

"Sobre o quê?" perguntou Benjamin. "Não tens de nos dizer se não quiseres."

Katie pensou no assunto e depois disse: "Se a minha mãe estivesse aqui, estaria a beber um batido de caramelo. Bebe devagar. Bebe sempre devagar. Eu esqueci-me e bebi depressa, e agora já se foi tudo". Ela fez beicinho.

"Queres outro?" perguntou Benjamin.

"Posso?"

"Podes." Chama o empregado de mesa.

Quando ele chegou, Katie disse: "Espera, não preciso de outro."

"Porque não?" perguntou El.

"É simples. Agora que posso ter outro, este é suficiente."

Benjamin e El olharam um para o outro e depois para Katie.

"Tu és única, filha", disse El.

"É o que a mamã diz sempre."

Ela pagou a conta e foram para a rua.

"Posso usar os meus sapatos novos, por favor?"

"Claro que podes," disse El, enquanto tirava as sandálias de Katie.

Ela mexeu os dedos dos pés dentro das sandálias e depois saltou pelo passeio. El e Benjamin tentaram acompanhá-la.

CAPÍTULO 15

VOLTA A CASA

VOLTARAM PARA CASA E encontraram o Abe sentado numa cadeira de baloiço. Tinha os ombros descaídos e as mãos cruzadas no colo.

El foi ter com ele e deu-lhe um beijo na testa. "Vou dar um banho à Katie. Vai ajudá-la a dormir depois de toda esta excitação."

"Boa ideia, amor", disse Abe. Depois, dirige-se a Benjamin: "Como correram as compras?"

"Foi divertido - a Katie está cheia de energia. Até eu tive dificuldade em acompanhá-la."

Abe sorriu. "Desculpa ter perdido isso." Baixa o tom de voz. "Tenho mais informações. Preferia partilhar contigo e com a

contigo e com a El ao mesmo tempo. Quando a pequenina estiver a dormir."

Benjamin bocejou.

Abe disse: "Porque não sobes e dormes um pouco. Falamos daqui a uma hora, está bem?"

"Parece-me um bom plano. Obrigado." Sobe as escadas.

***

QUANDO KATIE ADORMECEU, REUNIRAM-SE na sala de estar. El prepara umas sandes. Abe estava com uma fome especial. Não comia desde o pequeno-almoço.

"Ela adormeceu logo", diz El. "E ficou muito bonita com a sua camisa de dormir nova de princesa.

"Hoje tivemos um dia maravilhoso, muito obrigado por teres ajudado, El."

"O prazer foi meu.

Abe acabou de mastigar a sandes, limpou a boca e bebeu um gole de água. "Tenho novidades para ti. Não é uma história fácil de contar. Por favor, não interrompas nem faças perguntas até eu acabar."

El e Benjamin aproximaram-se mais e concordaram.

"Depois de ter fechado a loja às cinco, fui a casa da Katie. Não tinha planeado ir até amanhã, mas algo me fez querer ir hoje e lá fui eu." Fez uma pausa.

Continua com isso, Benjamin estava a pensar, mas sabia que dizer isso seria rude.

"Bati à porta da frente, ninguém respondeu, mas as cortinas estavam abertas. Parei e escutei os sons que vinham de dentro, nada. Dei a volta ao lado da casa e fui até às traseiras. Não havia sinais de que ali vivesse uma criança, nem brinquedos, nem bicicletas, nem baloiços, nem bolas. Não havia roupa pendurada no varal.

"Pedi um táxi e o motorista estava à minha espera no passeio. Fui até à porta ao lado e bati. Um homem atendeu, disse-me que vivia aqui ao lado uma pessoa, uma menina e uma mulher, era tudo o que sabia. Depois bate-me com a porta na cara.

"Na minha visão periférica, vi uma cortina a mover-se do outro lado da rua. Fui até lá e bati à porta. Uma mulher atendeu e convidou-me a entrar para tomar uma bebida.

Viu o táxi à espera e disse-lhe para se ir embora. Disse que contactaria outro quando eu estivesse pronto para ir. Concordei, achando que ela poderia ter informações a dar sobre a mãe da criança. Ela era uma pessoa ocupada, disso não havia dúvida. Normalmente, evitá-la-ia, mas neste caso a informação para o bem-estar da criança era fundamental, por isso fiquei.

"A casa dela estava limpa e arrumada. Eu não corria qualquer risco e o único som que se ouvia na sua casa era o tique-taque incessante de um relógio de avô. Sentámo-nos e partilhámos um bule de chá.

"Quando perguntei pela criança, disse-me que se passava sempre alguma coisa na casa do outro lado da rua. Gritos. Uma porta giratória de homens e carros estacionados na entrada da garagem e, por vezes, havia um transbordo para a rua. Pensa que são homens casados. Ah, e também disse que o último homem elegante tinha um carro grande e um motorista. A mãe da Katie era o assunto da rua".

El levou a mão à boca: "Pobrezinha."

Benjamin mudou de assunto. "Descobriste alguma coisa sobre a Katie?"

Abe suspirou. "É calma e bem comportada", explicou Judy Smith, a vizinha. "Diz que ontem de manhã reparou na mãe e na filha. Destacou-se, porque era dia de escola e a criança levava consigo uma boneca em tamanho real. Mas não as viu regressar a casa.

"Quando se cansou de falar comigo, foi até à porta de casa e assobiou para a rua. O filho dela, um motorista de táxi, parou à frente. Empurrou-me pela porta da frente, para dentro do veículo e eu dei ao homem uma morada falsa. Não queria que eles soubessem a minha morada. Eles pareciam-me excêntricos."

"Queres dizer malucos?"

Abe acenou com a cabeça, depois serviu-se de uma chávena de chá e ofereceu uma chávena a El e a Benjamin.

"Agora podes fazer perguntas", disse ele.

***

Passaram-se minutos, talvez quinze minutos ou mais, até que El quebrou o silêncio. "Coitadinha. Como deve ter sido a vida dela, com homens a entrar e a sair a todas as horas do dia e da noite." Ela combateu um soluço, vindo do fundo do seu coração maternal. "Não há vida para nenhuma criança - e aqui estamos nós. Tu e eu, que nunca pudemos ter um filho nosso."

"Pronto, pronto", disse Abe, dando uma palmadinha no braço da mulher. "É exatamente o que sinto. Não há justiça neste mundo. Não há rima ou razão. E, no entanto, quem somos nós para julgar?"

"Tudo o que sei", interveio Benjamin, "é que a Katie ama a mãe."

"Até uma criança maltratada ama a sua mãe," disse El.

"A prova está no abandono", disse Abe.

"Se calhar não podias ter evitado. Não sabemos o que aconteceu", disse Benjamin.

"É verdade. Desculpa por ter sido tão rápido a julgar. Então, o que é que acontece agora?" perguntou El.

"Esperamos", disse Abe. "E fazemos perguntas, sem perturbar a pequena Katie. Descobre o que pudermos. Entretanto, o Sargento Miller vai pôr as coisas a andar do lado dele. Eu dei-te a morada da Katie; o Benjamin deu-lhe uma descrição da mãe dela. Eles vão verificar os hospitais, a morgue e a zona ribeirinha."

"A morgue", disse El. "Não quero pensar que aquela pequenina está sozinha no mundo."

"Eu sei, eu sei", disse Abe. Muda de assunto. "Ah, e antes que me esqueça." Mete a mão no bolso e tira um envelope que põe em cima da mesa. "Isto estava na caixa de correio da casa da Katie."

"Abe, é uma ofensa federal roubares o correio de outra pessoa!" exclamou El. Esta explosão não foi suficiente para a impedir de virar o envelope para que tanto ela como Benjamin o pudessem ler.

"Estou perfeitamente ciente desse facto", confirmou Abe. "Mas agora sabemos que o nome da mãe dela é Jennifer Walker.

Benjamin bocejou e levantou-se, depois deu um beijo na bochecha de El. "Agora a Katie não está sozinha. Está aqui connosco." Dá as boas-noites. "Obrigado por toda a tua ajuda." Abe deu-lhe uma palmada nas costas, como um pai daria a um filho.

No andar de cima, veste o pijama e deita-se na cama. Estava demasiado cansado para puxar os cobertores para baixo e, em vez disso, aconchegou-se no edredão.

***

BENJAMIN ESTAVA NA BORDA do telhado de um edifício alto, incapaz de olhar para baixo, com os dedos dos pés já sobre a linha. Era de noite, e as estrelas eram fendas, como olhos no céu, que o observavam, que o faziam avançar. Salta, pareciam dizer. Salta.

Balança e cambaleia. Era tão fácil ir para a frente como para trás, e ele estava sozinho. Sozinho no mundo, sem ninguém que olhasse por ele. Ninguém para cuidar dele. Ninguém que se importasse se ele vivia ou morria.

Tinha lido muitos livros sobre heróis. Jovens rapazes que, como ele, tinham perdido os pais e feito coisas fantásticas com as suas vidas. Claro que esse tipo de personagens eram de ficção.

Espera um pouco! Espera lá! Eu sou uma boa pessoa. Eu ajudo as pessoas. Penso nos outros antes de mim. Não minto, nem roubo, nem magoo os outros e cumpro sempre, quase sempre, as minhas promessas.

Porquê quase sempre? perguntou uma voz acima dele.

Ele não respondeu - em vez disso, caiu para o lado - e acordou no chão, ao lado da cama. As suas roupas estavam húmidas de suor - mas ele estava a salvo. Seguro e bem. Embora fossem 4 da manhã, não voltou a dormir. Começa a jogar jogos no telemóvel. Por baixo do seu quarto, ouve alguém a andar de um lado para o outro. Provavelmente o Abe. Põe os auscultadores. Depois de alguns amigos se juntarem a ele, fica totalmente imerso num jogo online para vários jogadores. Joga até o sol nascer no horizonte e depois volta para a cama.

CAPÍTULO 16

ABE E EL

ABE NÃO CONSEGUIA DORMIR. "Estás acordado?"

"Agora estou."

"Tenho um pouco de fome, e tu?"

"Agora que estou acordado, também eu. Anda, vou preparar qualquer coisa. O que é que te apetece?"

Enquanto caminhavam pelo corredor, viram a Katie.

"Ela é um anjinho."

"Pois é." Agora, na cozinha, Abe disse: "Uma sandes de queijo tostado serve-me muito bem."

"Está bem, tu pões a chaleira ao lume e eu vou acender o grelhador."

Quando a comida estava pronta e o chá a ferver no bule, sentaram-se e comeram as sandes.

"Isto chegou mesmo ao sítio, obrigado."

"Comida de conforto sempre faz." Ela empurrou a cadeira para trás.

"Não, senta-te um pouco. Quero falar contigo."

"Queres uma chávena de chá?" Abe acenou com a cabeça e ela encheu-lhes as chávenas. "O que é que te preocupa? Sei que há algo que te preocupa."

"Lembras-te de termos falado em adotar o Benjamin?"

"Sim, mas como ele já tinha quinze anos, decidimos não ir em frente."

"E, no entanto, não paro de pensar que se o adoptássemos, se me acontecesse alguma coisa, ele seria da família e poderia ajudar-te com a loja. Para tomares conta dela, se necessário. O mesmo se te acontecesse alguma coisa - ele seria uma grande ajuda para mim."

El mexeu no chá. "Será que ele quer ser adotado? Já não precisa de nós como quando veio para cá viver connosco. É um jovem independente. Não gostava de o prender a nós."

Abe levantou a voz. "Acorrentá-lo a nós? É isso que pensas? EU, EU..."

"Acalma-te, amor. Daqui a uns anos, ele terá idade suficiente para voar sozinho - e tem todo o direito de o fazer. Como diz aquele ditado, se amas alguém, liberta-o e se ele voltar, é teu.

"E se não voltares, nunca foste. Não me lembro de quem o disse."

"Talvez Kipling, ou uma pessoa sábia como ele. Não estou a dizer que ele nunca voltaria; acho que sim. Adora trabalhar na loja.

"Sim, e um dia, ele poderia ser dono da loja - dirigir a loja. Continua com o nosso legado."

"Se ele quiser."

"Claro que sim."

"O que gostarias de fazer? O que te vai aliviar a mente?"

"Gostava de falar com o Travis, o nosso advogado, para pedir o seu conselho."

"Não deveríamos abordar o assunto com o Benjamin primeiro?"

"Se o fizermos e mudarmos de ideias depois do conselho do advogado - pode ter repercussões. Prefiro que verifiques primeiro e depois decidimos. Se decidirmos ir em frente desta vez, podemos falar com ele e ver o que ele pensa."

El bocejou. "Oh, desculpa-me." Pega na mão do marido e dá-lhe a sua. "Parece que temos um plano. Agora vamos voltar para a cama, a pequenina já se levanta a querer o pequeno-almoço."

CAPÍTULO 17

TENHO SAUDADES TUAS...

Abe e El adormeceram finalmente quando Katie deu um grito ao fundo do corredor.

El estava ao teu lado em segundos, quase como se o tivesse previsto. Assim que Katie a viu, atirou-lhe os braços ao pescoço.

Abe chegou pouco depois. "O que é que se passa, pequenina?"

"Tenho saudades..." foi tudo o que ela disse antes de encostar a cara ao peito de El.

Benjamin entrou a tropeçar no quarto. "O que é que se passa?"

Katie permaneceu quieta, enquanto eles trocavam sussurros suaves.

"Tem saudades da mãe", disse El. Katie aconchegou-se mais a ti. "Vocês os dois vão para as vossas camas, e eu fico aqui com a pequenina. Depois para Katie: "Gostavas disso agora, não gostavas? Se eu ficasse aqui?" Sussurra qualquer coisa a El. "Oh, estou a ver", disse ela. "Tens a certeza?" Katie acenou com a cabeça. "Ela também gostava que ficasses, Benjamin. Pega num cobertor que está lá fora e deita-o sobre ti na cadeira que está ali." Benjamin seguiu as suas instruções.

"Bem, então boa noite," disse Abe, enquanto fechava a porta, feliz por regressar ao conforto da sua própria cama.

CAPÍTULO 18

DOMINGO, DOMINGO

As manhãs de domingo eram especiais na casa dos Julius. Como a loja só abria ao meio-dia, a família preparava e partilhava sempre um grande pequeno-almoço.

"Hoje são waffles", anunciou El, tirando o ferro de waffles para fora e ligando-o à tomada. Vai preparando a massa até que o grelhador esteja pronto.

Entretanto, os outros põem a mesa. Os condimentos, tais como: xaropes, frutas, manteiga e chantilly numa lata, foram todos colocados em cima da mesa.

"Os waffles cheiram tão bem", disse Katie, enquanto El colocava os waffles prontos no centro da mesa.

"Obrigada, querida", disse El. "Esqueceste-te de alguma coisa, antes de me sentar?" Ninguém se lembrou de nada, por isso ela sentou-se numa das pontas da mesa, enquanto o marido se sentava na outra.

"Obrigado pela comida gourmet," disse Abe, que era a sua versão de uma oração à hora da refeição. "Agora, come!" E eles comeram.

Katie sentou-se e observou os outros, uma vez que nunca tinha comido um waffle.

"De que é que estás à espera, amor?"

"Estou a observar, porque o único waffle que comi foi um cone de gelado."

"É uma ideia inteligente", disse Benjamin. Vai ao congelador e tira um recipiente de gelado napolitano. Depois pegou na colher de gelado que estava na gaveta e trouxe-os para a mesa.

El ajuda Katie a pôr fruta no seu waffle, incluindo mirtilos e morangos. Acrescenta algumas fatias de maçã. "Fica bonito", diz a criança.

"Agora experimenta tu", disse Benjamin.

Katie juntou uma bola de gelado e molho de chocolate.

"Oh, acabei de pensar noutra coisa", disse El, empurrando a cadeira para trás. Virou-se para Katie: "Não és alérgica a nozes, pois não?"

"Não. Alguns miúdos da minha escola são, por isso temos de ter cuidado, mas eu não sou alérgica a nada.

"Eu também não," disse Benjamin, enquanto punha nozes esmagadas no topo do seu waffle. Depois juntou chantilly - embora ele, tal como Katie, já tivesse gelado no seu waffle.

"Também me podes dar chantilly?"

Benjamin deitou as natas no waffle de Katie. "Parece demasiado bom para comer agora", disse ela, e todos se riram. A cara dela iluminou-se: "MMMMM", disse ela. "MMMMM."

Depois de cada um ter comido a sua dose, El preparou o café.

"Estou demasiado cheio para me mexer", disse Benjamin.

"Eu também", disse Katie, dando palmadinhas na barriga.

Abe olhou para o seu relógio, ainda faltava algum tempo para a loja abrir. "Queria perguntar-te, Katie, qual é o nome da tua escola?

"Eu ando na escola primária de St. Mary", disse Katie.

Abe introduziu o endereço no Google.

"Gostas da escola?" perguntou Benjamin.

"Não tens problemas.

"Amanhã ligamos para a tua escola", disse El, "e avisamos que vais estar ausente durante alguns dias."

"Quer dizer que não tenho de ir?" "Não. Queremos manter-te aqui por enquanto."

"Até a minha mamã voltar?"

"Sim, até lá", disse Abe.

"Faltas muitas vezes à escola?" perguntou El.

"Só se estiver doente ou se a mamã não estiver bem, porque ela não me deixa andar sozinho."

"A tua mãe está doente muitas vezes?" pergunta Abe, pensando nas alegações sobre o álcool e as drogas.

Katie começa a chorar.

"Já chega de perguntas por agora," disse El. Pega na mão de Katie e dá-lhe a sua. "Vamos tirar o chantilly e o molho de chocolate da tua cara, e vestir-te com a tua roupa nova. Anda lá."

Katie seguiu-a e, quando estava à porta fechada, disse: "A mamã não quer ficar doente."

"Claro que não, filha," disse El enquanto passava uma toalha quente e húmida pela cara de Katie. "Agora levanta os braços e vamos vestir-te."

"Já sou crescida."

"Até as meninas crescidas precisam de uma ajudinha às vezes," disse El enquanto piscava o olho.

"Obrigada."

"Obrigada por trazeres um pouco de sol para a minha casa."

Katie pensou por um momento e depois disse: "Mas tu já tinhas luz do sol, porque tinhas o Benjamin."

El riu-se. "Tens razão, nós vemos os seus raios dourados todos os dias. Agora vem contigo, não podemos deixar que os rapazes estejam prontos antes das raparigas, pois não?"

"Nem penses!" Katie riu-se.

CAPÍTULO 19

SGT DA POLÍCIA. MILLER

Quando o Sgt. Miller chegou à esquadra, tinha à sua espera uma mensagem urgente do médico legista:

"O corpo de uma mulher deu à costa nas margens do Lago Ontário esta manhã, perto do Viaduto. É o local habitual de suicídios. Está agora aqui na morgue. Não tem identificação, mas corresponde à descrição da mulher que me pediste para vigiar. Deves ter a causa da morte verificada em breve. Passa por lá quando chegares, que eu ponho-te ao corrente."

Miller foi imediatamente para a morgue. O corpo estava na laje e o médico legista e o seu assistente anotavam as informações.

"Talvez queiras dar uma vista de olhos nisto", disse ele, apontando para o corte na garganta da mulher.

"Então, não é suicídio", sugeriu Miller, "tendo em conta o ângulo da lâmina, não pode ter sido ela a fazê-lo".

"Exatamente", confirmou o médico legista. "E também encontrámos vestígios de pele e cabelo debaixo das unhas dela."

Miller olhou para as unhas da mulher, pintadas de vermelho cardinal. Olhando para o rosto dela, viu que uma mancha do batom correspondente permanecia no canto do lábio superior.

"Já enviámos amostras para o laboratório. Deves conseguir identificá-la e possivelmente o seu agressor se encontrarmos uma correspondência para qualquer um deles na base de dados."

"Importas-te que tire uma amostra das impressões digitais dela, para as passar na nossa base de dados quando voltar ao escritório? Pode ser um caminho mais rápido para uma identificação se ela tiver sido acusada de algum crime."

O médico legista acenou com a cabeça.

"Que mais sabes sobre ela?"

"A idade está estimada entre 34-37 anos, e ela era multípara."

"Dois nascimentos", disse Miller. "Consegues dizer quando é que ela teve os filhos?

"Cesariana. Há sete ou oito anos. Parto vaginal recente."

"Mais alguma coisa?"

"Estimamos a hora da morte no sábado à noite, entre as 19 e as 21 horas. Não encontrámos álcool ou drogas no corpo." Hesitou: "Mais uma coisa, ela tinha mordidelas na parte de trás das pernas." Vira o corpo. "Vê aqui e ali, mordidas. As tartarugas podem ser a causa, mas as mordidas são grandes."

"Estou a ver", disse Miller. "Obrigado." Faz uma pausa. "O que é isso, perto da coluna vertebral?"

"Uma marca de nascença."

Era do tamanho de um louco.

Miller saiu do edifício e a luz do sol atingiu-o com toda a força. Pôs os óculos escuros e continuou a caminhar para o seu veículo, pensando na criança que estava com Abe. Esperava que a mulher morta e a mãe desaparecida não fossem a mesma pessoa, mas o seu instinto dizia-lhe o contrário.

CAPÍTULO 20

ÁGUIA JURÍDICA

Abe levantou-se e saiu de casa antes de os outros acordarem. Depois da conversa com El, marca um encontro com o seu velho amigo e também advogado, Travis Anders.

"Gostava que preparasses os papéis. Quando o Benjamin fizer vinte e um anos, herda a casa e a loja."

"Calma aí. E o El?" Disse o Travis.

"Podemos ajudá-lo na loja, se for necessário. Mas ele vai ter um incentivo para se envolver mais, já que um dia vai ser dele."

"O El também precisa de estar aqui. A casa e a loja estão em nome dos dois."

"Se preparares os formulários para nós, eu trago-a cá para os assinar. Já falámos sobre isso."

"Qual é a pressa?"

"Não tens pressa nenhuma. Só quero pôr a bola a rolar. Quanto tempo demoras a preparar tudo?"

"Dá-me uma semana", disse Anders. "Depois tens de voltar com o El. Já falaste com o Benjamin?

"Ainda não. Quero ver como fica no papel. Como é que tudo se encaixa antes de o envolvermos."

"Aceito de bom grado o teu dinheiro, Abe, mas se eu redigir os papéis e ele recusar, terás de pagar os meus honorários na mesma."

"Compreendo. Não queria que fosse de outra forma."

"Está bem, Abe. Deixa-o comigo. Eu entro em contacto quando estiver pronto e podes trazer o El." Ele hesitou.

"Entretanto, eu falava com o Benjamin, mesmo que seja uma situação hipotética."

"Depois de assinado, será oficial?" perguntou Abe. "E se mudarmos de ideias?"

"Vou incluir um Codicilo. Para o caso de decidires rescindir a oferta no futuro."

"Obrigado, Travis."

"E não estás legalmente obrigada a revelar o Codicilo ao rapaz, a não ser que o queiras fazer. Além disso, quando lhe levarmos os papéis para assinar, ele deve ter o seu próprio advogado presente. Se não tiver dinheiro para isso, sugere-lhe que contacte a Assistência Jurídica para obter ajuda. Podemos falar sobre isso quando nos encontrarmos, eu posso informá-lo ou recomendar-lhe outro advogado. Temos de lhe dar algum tempo antes de ele assinar."

"O Benjamin é como um filho para nós", levantou-se Abe, "e eu quero facilitar-lhe a vida."

"Espera aí, Abe, por favor, senta-te", disse Travis. "Sou teu advogado, mas não posso representar-vos aos dois. É para a tua própria proteção que ele tem outro advogado que não eu."

"Conhecemo-nos há vinte e cinco anos," disse Abe. "Confio em ti. O rapaz não pode pagar a outro advogado. Parece-me ridículo pagar a outra pessoa quando confio em ti."

"Eu explico-lhe tudo, um a um, para que ele compreenda e possa fazer perguntas sem a tua presença ou a da tua mulher. O Codicilo é para a tua tranquilidade e a do El. Não é uma reflexão sobre o rapaz, é uma questão de lei. Pôr tudo por escrito é para a proteção de todos os envolvidos."

"Dou valor ao teu conselho", disse Abe. Faz uma pausa.

"O que me faz lembrar que estive a ver repetições de Matlock na outra noite."

"Costumava adorar essa série," disse Travis. "Por favor, continua."

"Bem, no episódio, eles tentaram forçar uma esposa a testemunhar contra o marido. O caos instalou-se, mas o Matlock conseguiu que fosse expulso do tribunal."

"Ah, esse Matlock. As regras mudaram desde então. Hoje em dia, no Canadá, uma mulher pode ser intimada a testemunhar, mas não tem de revelar nada. Não se tiver ocorrido durante o tempo em que estavam casados. É conhecido como privilégio conjugal, Secção 4, Canada Evidence Act."

"Interessante, de facto", disse Abe. "Como é que funciona com as crianças? Um pai pode ser forçado a testemunhar contra um filho ou vice-versa?"

"Já houve muita discussão sobre isso ao longo dos anos.

"E o que é que a lei diz?"

Travis foi à sua estante e folheou-a até encontrar o que procurava. "É o direito básico de uma criança ser ouvida em qualquer processo. É o Artigo 12, da Convenção das Nações Unidas sobre os Direitos da Criança. Ratificado em 1991." Fecha o livro e guarda-o. "Tens mais alguma pergunta?"

"Não, obrigado pelo teu tempo." Abe levanta-se e estende a mão.

"Entrarei em contacto," disse Travis.

Abe dirigiu-se para casa. Ter alguém que cuidasse da sua mulher depois de ele partir era a sua prioridade número um. Quase a chegar a casa, perguntava-se se o Sargento Miller teria alguma notícia para partilhar. Nesta situação, nenhuma notícia era uma boa notícia. Quando finalmente chegou a casa, entrou.

CAPÍTULO 21

SGT. MILLER NA ESQUADRA DA POLÍCIA

O Sargento Miller viu homens e mulheres algemados entrarem na esquadra. Sentia-se como se estivesse no meio de um mau reality show.

"Era uma festa?", pergunta ao agente que o prendeu.

"Sim, uma festa de rua na zona leste. Drogas e álcool por todo o lado".

Uma mulher chamou-lhe a atenção, enquanto ele assinava um formulário. Era loura, com uma saia demasiado curta e demasiada maquilhagem. Atira-lhe um beijo. Ele vira-lhe as costas. Antes um cadáver do que uma mãe assim.

Perguntava-se se qualquer mãe seria melhor do que nenhuma mãe. Era como a pergunta: se uma árvore cai numa floresta, alguém ouve? Não havia respostas correctas em teoria, mas na realidade - nenhuma mãe tinha de ser melhor do que algumas que ele tinha encontrado.

Regressou ao seu gabinete mesmo a tempo de receber os resultados da análise das impressões digitais da mulher na laje. De facto, ela estava na base de dados, mas nem sempre tinha sido local. Era do Quebeque. Interroga-se sobre o que estaria ela a fazer na cidade. Continua a procurar informações e encontra um Relatório de Pessoa Desaparecida. Sim, era a mulher da laje. Folheia o ficheiro, verificando o seu passado. Depois liga a um dos seus amigos em Montreal. Um dos tipos que não se importava de conversar em inglês - e contou-lhe os pormenores.

"O corpo de uma mulher acabou de ser encontrado e, com base num relatório de pessoa desaparecida enviado pelo teu gabinete, trata-se de Marie Levesque", disse Miller.

Fez-se silêncio do outro lado da linha, antes de LaPlante perguntar: "Causa da morte?

"A garganta dela foi cortada, mas ainda não se sabe se foi essa a causa da morte."

"Eu digo-lhe. Trabalha com a Polícia Provincial de Ontário.

"É um agente local? Posso entrar em contacto contigo, se preferires. Diz-lhe tudo o que ele quiser saber e onde deve ir para identificar o corpo. Posso estar lá com ele, se ele quiser. Se ele não tiver família aqui."

"Ela era tudo o que ele tinha", a voz de LaPlante vacilou. "Ele estava a trabalhar sob disfarce."

Miller hesitou. "Será que este assassínio tem alguma coisa a ver com as investigações dele? O teu disfarce foi descoberto?"

"Não sei. Eu vou falar com ele aqui. Vou descobrir o que puder, e tu fazes o mesmo. Tens contactos na OPP?"

"Claro que sim, vou ser discreto."

"Obrigado, Alex."

"Claro que sim."

Miller desligou, mas manteve o telefone encostado ao ouvido. Esfrega o queixo no sítio onde a barba costumava estar. Sentia falta daquela barba, mas a mulher não sentia.

Pelo menos não era a mãe da pequena Katie, mas continuava a ser um homicídio. Com a OPP envolvida, as coisas na cidade podiam tornar-se um pouco mais complicadas. Marcou o número de Abe e esperou que tocasse várias vezes.

***

"Olá Abe, é o Sgt. Miller, fala o Alex."

"Olá."

"Estás a ligar só para saber como está a Katie?"

"Sim, a Katie está a adaptar-se bem", confirmou Abe. "Tens notícias da mãe dela?

"Temos algumas pistas, mas nada certo."

"Posso ajudar-te?"

"Gostaríamos de ter mais informações sobre ela, como o seu apelido."

"É Walker, descobri-o ao falar com um dos vizinhos dela."

Senta-se. "Quando?"

"No sábado. Enquanto a El a levou às compras e eu fui dar uma vista de olhos."

"Suponho que a Sra. Walker não estava em casa?"

"Não há sinal dela nem de mais ninguém. Tive uma conversa com os vizinhos."

"Fizeste-te passar por um de nós, quero dizer, um polícia?"

"Eu? Não me parece que conseguisse fazer isso, sou demasiado baixo", disse Abe. Os dois riram-se. "Não te preocupes, fui discreto."

"Há alguma coisa pertinente que queiras partilhar?"

"Bem, muitos homens. Um vizinho disse que era como se a casa tivesse uma porta giratória. Disse que a mãe era o assunto da rua - e não de uma forma positiva."

"Interessante. Sentiste animosidade ou algo próximo de um motivo?"

"Não, de todo. Ela é intrometida e aborrecida - mas não é provável que seja uma assassina. A mulher com quem passei mais tempo gostava da Katie. Ela viu-os sair de casa. Perguntava-se porque é que ela levava a boneca para a escola. Nunca os viu regressar a casa. A minha avaliação foi: esta mulher sabe tudo o que se passa, anda na rua com toda a gente."

"Está bem, Abe, obrigado por me avisares. Mantém-te afastado da área agora, deixa a investigação connosco."

"Se tu e os agentes vão a casa, eu gostaria de ir convosco, se puder."

Miller respirou fundo e de forma audível. "Não é um procedimento normal levar um civil e vai demorar um pouco para conseguir um mandado. Provavelmente teremos de arrombar a porta."

"Gostava de lá estar na mesma. Prometo não atrapalhar - e os vizinhos já me viram, já me conhecem."

"Como és tu, acho que posso abrir uma exceção se prometeres ficar no veículo até eu te dizer o contrário. Dou-te um toque quando tiver pedido o mandado e uma equipa para vir. Se estiveres pronto, podes juntar-te a nós. Se não, vamos para a residência dos Walker sem ti. Percebeste?"

"Cem por cento", disse Abe, sorrindo para o telefone. Desligou, depois virou-se para a mulher, que estava ocupada a pentear o cabelo de Katie: "Sou capaz de ter de sair assim que o telefone tocar."

"Isto tem alguma coisa a ver com a Katie?" perguntou Benjamin. Estava a ver televisão.

Abe aproximou-se dele e sussurrou: "Era o Sargento Miller em linha. Não têm notícias concretas."

"Posso ir contigo?" Benjamin perguntou-te.

"Não é necessário, mas obrigado", disse Abe. Baixou a voz para um sussurro, "O Sargento Miller não queria que eu fosse contigo, mas eu insisti. Entre tu e eu, vamos investigar a casa dela."

"Está bem, diz-me o que descobrires. Entretanto, eu trato das coisas aqui. Talvez leves a Katie a apanhar ar fresco." Benjamin levantou-se e disse: "Alguém quer ir dar um passeio?"

"Eu!" Katie gritou.

"Eu também!" disse El.

Saíram e Abe sentou-se ao lado do telefone à espera da chamada do Sargento Miller.

CAPÍTULO 22

VERIFICA AS COISAS

MILLER INFORMOU O CHEFE da polícia sobre a situação de Katie. Enquanto esperava pelo mandado de busca, organizou dois agentes para o acompanharem. Telefonou a Abe: "Estaremos na tua casa dentro de dez minutos, estás pronto para ir?"

"Dez e quatro", respondeu Abe.

Os agentes riram-se atrás de Miller.

"É um bom homem", disse Miller, enquanto carregava no acelerador até ao fundo.

Abe estava extremamente entusiasmado por fazer parte da operação. Sorriu quando a viatura parou em frente à casa. Miller saiu e entregou-lhe um colete à prova de bala, que ele vestiu por baixo da camisa.

Enquanto o fazia, Miller apresentou-o aos agentes Belago e Rippon. Aperta-lhes a mão. Queria que eles soubessem que Abe Julius não era um maricas.

Abe tentou ir para o banco de trás, mas os dois agentes cederam para que ele pudesse ir à frente. "E não, não podes brincar com a sirene", disse Miller. Os agentes riram-se.

Miller tinha um pouco de pé de chumbo e um agente lá atrás disse-lhe isso. Ri-se. "Continuo a ser o teu chefe, mesmo com um civil no banco da frente. Quando chegares a casa, entramos os três. Abe, como combinado, tu ficas no veículo."

"Sim, eu compreendo, mas avisa-me se precisares da minha ajuda."

"Uh, sim." Depois, olha pelo espelho retrovisor: "Quando estivermos lá dentro, rapazes, damos uma vista de olhos rápida. Como de costume, calça as luvas e lembra-te de não tocar nem mexer em nada.

"Tal como falámos, uma fotografia da mãe e da filha seria útil. Procura também uma com o pai."

Abe remexeu-se no seu assento. Adorava ter a oportunidade de beber mais uma chávena de chá e conversar com a vizinha intrometida.

"Vou deixar o rádio ligado quando entrarmos, para poderes ouvir umas músicas."

Pararam num cruzamento engarrafado. Um acidente com vários veículos estava a bloquear o trânsito. Miller acendeu o sinal vermelho com a sirene e abriu caminho, depois de perguntar se estavam todos bem.

"Emprestas-me isso um dia destes?" perguntou Abe, baixando a janela.

Todos se riram quando Miller disse: "Nem penses".

"Estamos aqui", disse o agente Belago.

Miller aumentou o volume do rádio. "Estás pronto, Abe. Fica aqui e não saias daqui."

"Eu protejo o veículo", disse Abe.

O Sgt. Miller calçou as luvas. "Toca a andar, rapazes."

***

O SARGENTO MILLER BATEU primeiro à porta e depois tocou à campainha, enquanto os Agentes Rippon e Belago se mantinham atentos. Quando ninguém respondeu, Rippon deu a volta pelo lado direito da casa, enquanto Belago cobria o outro lado. Voltaram dentro de momentos.

"Tudo limpo," disse Belago.

"Tudo limpo, chefe."

"Ok, vamos ver se conseguimos entrar sem arrombar a porta," disse Miller.

Belago tirou ferramentas da bagageira do carro. Em pouco tempo, arrombaram a fechadura.

Miller meteu a cabeça lá dentro e gritou: "Olá? Tens alguém em casa?"

Não ouvindo nada, entraram com as armas a postos. O único som era o do frigorífico a zumbir. Miller abriu a porta e encontrou-a cheia de comida, condimentos e várias garrafas de vinho sem rolha.

"Não parece alguém que tenha planeado uma viagem", supôs.

Belago e Rippon investigaram o rés do chão.

"Tudo limpo e seguro", informou Belago.

Na lareira da sala de estar estavam expostas fotografias de família. "Toma esta", disse Miller, apontando para uma foto de uma menina e um homem. Abe não mencionou um pai. De facto, o vizinho tinha dito a Abe que a casa tinha uma porta giratória de homens. Então, quem era o homem da fotografia com a Katie? Depois de olhar para todas as fotografias expostas, ficou surpreendido por não haver fotografias de mãe e filha.

Os polícias seguiram Miller pelas escadas de alcatifa rangente.

"Olá, Polícia!" Miller gritou, com a arma apontada para a frente e pronto para tudo. Tudo menos o que lhe assaltava o nariz. O fedor inesquecível da morte.

Os agentes engasgaram-se involuntariamente, enquanto continuavam a subir as escadas. Agora, no patamar, o fedor era insuportável.

Em contraste com o fedor, o primeiro quarto à direita era um quarto de criança, todo cor-de-rosa, com folhos na cama e papel de parede florido.

À medida que avançavam, o cheiro piorava e os seus olhos enchiam-se de água: "Isto não está com bom aspeto, Chefe", disse Belago, depois susteve a respiração.

"Também não está a cheirar bem", respondeu Miller enquanto se dirigia para o quarto ao fundo do corredor.

Era o quarto principal, com a porta escancarada e lá dentro, na cama, estava um homem morto.

E não era um morto qualquer. Era o homem que tinham acabado de ver no andar de baixo, numa fotografia que estava na lareira com a menina.

Estava debaixo dos lençóis, mas o tronco e a parte inferior do corpo pareciam estranhos, ou, para ser mais específico, estavam alinhados de forma estranha. Estavam direitos, mas não rectos. Atira os cobertores para trás.

"Jesus", disse o agente Belago ao ver que o homem estava sentado ao seu lado.

"Porque é que alguém se sentaria assim depois de o ter cortado ao meio? perguntou Miller.

"Não há sangue aqui", observou Rippon, "e não há rasto de sangue."

Gavinhas carnudas emanavam de ambas as metades do tronco.

"O rigor mortis instalou-se, o que explica a posição - um pouco", disse Miller. "Eu vou ligar, vocês dois procurem a arma." Depois volta a falar para o telefone.

"Sim, fala o Sgt. Miller. Precisamos de uma equipa forense completa aqui em baixo. E reforços para proteger a propriedade. Também, o médico legista, uma ambulância, um saco para cadáveres. Ah, e diz-lhes para não usarem as sirenes - não queremos que toda a vizinhança venha ver o espetáculo. Sim, dez e quatro."

"Chefe, encontrámos algo", disse Belago do fundo do corredor.

A casa de banho estava uma confusão de sangue. Na banheira: uma serra eléctrica. Deitaram-lhe lixívia em cima para disfarçar o cheiro a sangue.

"Ele foi definitivamente cortado aqui", disse Rippon, tapando o nariz com as costas da mão.

"Lixívia, sangue e ambientador, uma combinação letal", disse Miller, lutando contra um suspiro.

Ele chamou de novo, "Diz à equipa forense para vir com todo o equipamento." Depois diz aos agentes: "Vamos ver que provas conseguimos reunir antes de os outros chegarem."

"E o teu amigo no carro?"

"Fica quieto, até eu lhe dizer o contrário."

"Não és do tipo curioso?" Pergunta ao Belago.

"É curioso, mas sabe quando é que deve ser o limite."

CAPÍTULO 23

O CORPO

VOLTARAM PARA O QUARTO com o corpo quando o telefone de Miller tocou. Era o chefe da polícia a pedir mais pormenores sobre o homem assassinado. "Ele está morto há alguns dias, trinta e poucos anos, homem, caucasiano."

"Fazes ideia de como morreu?"

"Sim. Encontrámos uma serra eléctrica na casa de banho. Foi desmembrado lá dentro e depois levado em duas partes para a cama. Tiveram muito trabalho para drenar o corpo primeiro e colocar os segmentos debaixo dos cobertores na cama. Era como se ele estivesse sentado ao seu lado".

"Parece-me alguém com um estranho sentido de humor."

"Vive aqui uma mãe e um filho. Este tipo estava numa foto na lareira com a pequena Katie. Não percebo como é que uma mulher pode ter feito isto, sem ajuda."

"Parece-me um trabalho para duas pessoas, pelo menos. Põe-me ao corrente quando voltares à esquadra."

"Farei isso", disse Miller, e depois desligou.

"Sargento," Rippon sussurrou, "este tipo parece-me familiar."

"Ele estava na foto lá em baixo."

Miller riu-se. "Concordo, ele parece-se com alguém. Talvez seja de uma família importante?"

"Olá!" uma voz de mulher chamou-te do andar de baixo.

"Jesus, quem é que está aí?" Miller perguntou, indo até o topo da escada.

A mulher no hall de entrada corresponde à descrição da "vizinha intrometida" com quem Abe disse ter falado. Inclina-se sobre o corrimão.

"Por favor, abandona o local imediatamente."

Ela não se mexeu, como se os seus pés estivessem cimentados no lugar. Começou a balbuciar: "Estou tão preocupada com aquela menina, coitadinha."

Ele começou a descer as escadas, "Tens de ir."

Ela saltou.

"Obrigada pela tua preocupação, mas precisamos que vás, agora." Ele levou-a para fora da casa e para o relvado da frente. Olhou para Abe, perguntando-se porque é que ele não a tinha impedido de entrar, depois lembrou-se que tinha dado instruções específicas ao seu velho amigo para ficar com o veículo, acontecesse o que acontecesse.

Miller voltou para dentro de casa e fechou a porta da frente atrás de si. Descera quando a equipa forense e os outros chegaram e deixara-os entrar, em vez de correr o risco de algum dos outros vizinhos se aventurar a entrar.

Judy Smith fungou para o seu lenço no relvado da frente e depois viu Abe no carro. Acena-lhe e ele acena-lhe de volta.

Depois atravessou a rua para o pátio da frente da sua própria casa e ficou ali a olhar.

***

Não demorou muito para que vários veículos enchessem a entrada da garagem e se alinhassem nas ruas.

"Não há nada para ver aqui", disse um deles a Judy Smith.

Abe observava tudo o que se passava à sua volta, desejoso de saber o que estava a acontecer. O que é que tinham encontrado lá dentro? A mãe de Katie estava morta? Tinham levado uma maca para alguém. Talvez ela estivesse ferida? E Judy Smith tinha entrado na casa, com toda a coragem. Se ao menos ele pudesse sair e fazer perguntas.

Continua a observar, enquanto isolam a propriedade com aquela fita amarela que só tinha visto na televisão. E a equipa de pessoas que entrou com máscaras e luvas - eram forenses. Também os tinha visto na televisão.

Sentindo-se como uma groselha, ficou contente quando Miller voltou a entrar no carro.

Continuaram a conduzir - durante toda a viagem Miller não disse uma única palavra. Nem sequer uma palavra de despedida quando Abe saiu do carro.

***

NO CAMINHO DE VOLTA para a casa dos Walker, Miller repassou o que sabia. Estava grato por Abe não o ter enchido de perguntas.

Quando estacionou na rua ao fundo da casa, saiu do carro. Reparou num reposteiro e pensou se não seria ali que vivia o vizinho bisbilhoteiro. Bateu à porta da frente e mostrou o distintivo.

"Sgt. Miller", disse ele. "Desculpa aquilo de há pouco, mas os civis não podem entrar no local do crime."

"Compreendo", disse ela. Depois, aproxima-te: "Nunca perco um episódio do CSI e já li todos os romances da Agatha Christie."

Ele sorriu. "Importas-te que te faça algumas perguntas?"

"Não, eu teria todo o gosto em ajudar-te. Estou sempre em casa com problemas de mobilidade. Entra e senta-te." Ele seguiu-a até à sala de estar. A cadeira dela estava metade apontada na direção da televisão e metade apontada na direção da rua. A sala tinha um leve cheiro a cigarros e a VapoRub. A mulher pesada deixou-se cair em vez de se sentar na cadeira.

Miller deixou-a instalar-se e depois perguntou: "Quando foi a última vez que viste alguém entrar ou sair da casa do outro lado da rua?"

Ela cruzou as mãos e colocou-as no colo. "Na sexta-feira de manhã, a menina e a mãe saíram, mais tarde do que o habitual.

"Chama-se Katie, não é? E a tua mãe é a Jennifer?

"Sim, é isso mesmo. E elas estavam a arrastar aquela boneca."

"Mais alguma coisa sobre a Sra. Walker? Ouvimos dizer que ela voltou para casa, depois de ter saído, mas sem a criança."

"Não que eu tenha visto." Ela parou. "Oh, pensando bem, eu tomei um banho rápido." Hesitou, depois inclinou-se para mais perto e sussurrou: "Não sou de contar histórias, mas uma coisa que reparei na Sra. Walker foi que, naquela manhã, ela estava a usar uma peruca. Pensei onde é que aquela mulher ia com a sua filha vestida com aquelas sandálias brilhantes, a carregar uma boneca num dia de escola? Pensei que talvez ela a estivesse a levar para mostrar e contar, mas isso é só para crianças mais novas." Hesita.

Olha pela janela, quando passa um carro, e continua. "E ela toda arranjada daquela maneira e com uma peruca? Porque nada daquilo fazia sentido. E lá estava eu, a pensar naquela pobre menina.

"Vivi nesta rua toda a minha vida adulta e já vi muitas coisas estranhas. Precisaria de muito tempo para te contar tudo." Respira fundo. "Mas tu não estás interessado em tudo, estás interessado nos Walkers. Deixa-me só dizer-te que, naquela manhã, foi a primeira e provavelmente a última vez que vi um trio tão invulgar a caminhar pela nossa rua."

"Uma peruca, eh?" Esta era uma informação nova. Pega na caneta e no papel.

"Sim, era estranho. Para além da peruca, a Katie estava de sandálias, impróprias para a escola. Quando os meus filhos andavam na escola, sandálias como essas não eram permitidas. Havia regras a seguir. Tudo muda, sempre para pior". Ela resmungou. "Além disso, aquela criança estava a esforçar-se por acompanhar o ritmo e eles tinham acabado de sair de casa e ela tinha aquela boneca a reboque."

"E no dia anterior, viste ou ouviste alguma coisa?" Ele conhecia o género dela. Abe tinha razão. Judy Smith não tinha nada melhor para fazer do que meter o nariz nos assuntos dos outros. Não era exatamente uma qualidade que ele procurasse num amigo, ou num vizinho, mas, neste caso, ela podia acabar por ser a sua única pista.

Pensa nisso. "No dia anterior, nada. Ninguém entrou ou saiu." Hesita. "Mas no dia anterior a esse, lembro-me de uma coisa. Queres uma chávena de chá?" Vira um pouco o corpo para ver um gato a passar.

"Não, obrigado", diz ele. "Por favor, continua."

"Na quinta-feira, eu estava lá fora a apanhar minhocas para o meu filho.

Levanta os olhos do bloco de notas.

"O meu filho pesca no seu dia de folga. O médico diz que não há problema em eu apanhar minhocas."

Acena com a cabeça. "Apenas os factos, por favor." Ele queria tanto que ela fosse direta ao assunto.

"Eu ouvi gritos e vozes altas."

Ele sentou-se, agora novamente interessado. "De uma mulher? De uma criança?"

"Uma mulher, sim. E um homem."

Acena com a cabeça para ela continuar.

"Acabei de apanhar as minhocas e tudo ficou em silêncio. Voltei para dentro.

"Fazes ideia de quem era o homem ou quando chegou?"

Ela franziu o sobrolho. "Os homens entravam e saíam daquela casa. Precisaria de uma lista extensa para saber." Pega num livro de bolso e abana-se. "Oh, eu lembro-me de outra coisa. Ocorreu-me agora. Na sexta-feira, por volta do meio-dia, quando ela voltou - a Sra. Walker, tinha um carro à espera. Ela deixou-o entrar na garagem."

"Então o que é que aconteceu?"

"Eu adormeci. Às vezes durmo aqui na minha cadeira. Mas ouvi-o, distintamente - um som de zumbido. Como um cortador de relva, ou."

"Uma serra?"

"Podia ter sido uma serra."

"Oh," disse ele. "Viste o veículo a sair?"

"Não." A porta da frente abriu-se e depois fechou-se. "Charlie?", gritou ela. Charlie era o seu filho taxista e, depois das apresentações, ela contou-lhe tudo sobre a conversa.

"Vim almoçar a casa na sexta-feira à tarde", disse ele. "A mãe tinha adormecido na cadeira, mas o barulho acordou-a. Eu ouvi-o quando estava a sair do carro. Pareceu-me definitivamente uma serra eléctrica."

"Tens a certeza da hora?"

Assentiram com a cabeça.

No andar de cima, Miller ouviu uma cadeira a bater no chão. "Há mais alguém em casa?"

Pela primeira vez, a mulher parecia nervosa, e torcia as mãos enquanto falava. "Sim, é o meu outro filho. Eu subo já!", grita, sem tentar levantar-se.

Um som, como o de um animal ferido, ecoa pela casa. Depois de duas tentativas, põe-se de pé. "Dizem que ele não está bem da cabeça, mas continua a ser meu filho.

"Não faz mal, mãe", disse Charlie, dando-lhe uma palmadinha no braço enquanto ela passava.

"Gostava de o conhecer," disse Miller.

"Claro - sobe", disse Judy, enquanto subia a primeira escada, agarrando-se aos corrimões de ambos os lados. Miller vai à retaguarda. Quando chegou ao cimo da escada, bateu suavemente à porta antes de entrar. "Temos aqui um convidado para te ver, amor, é um polícia."

Miller entrou de mansinho e estendeu a mão ao homem - que não retribuiu o favor. Em vez disso, senta-se com os dedos da mão direita no teclado de um pequeno computador portátil. O homem olhou pela janela, enquanto um carro passava, e clicou no teclado.

Atravessa a sala para ver melhor. O homem estava a escrever o número da matrícula do carro que estava lá fora. Não apenas a viatura, mas todos os veículos que via. "Estás interessado em veículos, ou em números de matrículas?", perguntou.

"Não, não, não!", gritou ele, batendo com os dois punhos nos lados da cabeça.

"Gerald, pára com isso!", disse a mãe, agarrando-lhe os dois punhos e, depois de ele se acalmar, beijando-o na testa enquanto os soltava. "O homem simpático só estava a mostrar interesse pelo teu trabalho."

Gerald bate no seu teclado.

"Agora vamos embora, não sejas mal-educado e não envergonhes mais a tua mãe. Continua com o teu excelente trabalho." Fecha a porta atrás deles. Nas escadas, diz: "Ele tem problemas".

"Não temos todos?", respondeu Miller. Agora, de volta à sala de estar, Charlie já lá não estava.

Espera que ela se sente, antes de ele próprio se sentar. "Chamaste trabalho ao que ele estava a fazer, o que querias dizer?"

"Já ouviste falar do termo hexakosioihexekontahexafobia ou triskaidekaphobia?", perguntou ela.

"Receio que não. Mas destaca a fobia. Ele tem fobias, de que se trata?

"Tem medo de números como sessenta e seis e treze. Não há nenhuma razão para isso. Quando se encontrou com uma psiquiatra, ela sugeriu que ele mantivesse um registo de letras ou números. Regista os números das matrículas, que são mais fáceis para ele ver, pois está no quarto a maior parte do tempo."

"Talvez fosse benéfico para nós vermos o que ele regista. Há quanto tempo é que ele faz isso?"

"Há anos, e sim, isso podia ser arranjado, se ajudasse."

"Não sei se sabes, mas a Jennifer Walker está desaparecida. Qualquer informação sobre as tuas idas e vindas seria útil."

Passa-lhe o seu cartão. "Tens aqui o meu endereço de e-mail. Se me puderes enviar o ficheiro, não precisa de estar arranjado ou bonito. Vou deixar que o meu pessoal o analise e veja se há alguma coisa que possamos usar."

Ela levou-o até à porta e despediu-se. Enquanto ele se afastava, Miller viu as cortinas do andar de cima abrirem-se um pouco e fecharem-se de novo.

Aquele jovem lá em cima tinha um tesouro de informações. Possivelmente um registo de todas as matrículas de todos os veículos que alguma vez chegaram à rua.

Perguntou-se se os vizinhos sabiam que os seus veículos e os dos seus convidados estavam a ser etiquetados. Sorri. Se soubessem, certamente não iriam gostar - e provavelmente era contra todas as leis de privacidade existentes. Ainda assim, tinha um homicídio para resolver e uma mulher desaparecida para encontrar - e usaria todos os meios ao seu alcance para descobrir a causa subjacente.

Enquanto conduzia de volta à esquadra, pensou na facilidade com que Abe encontrou o vizinho intrometido. Tinha bons instintos e apercebeu-se rapidamente, e era a primeira vez que visitava o bairro. Era justo dizer que todos os vizinhos sabiam do hábito de Judy Smith de se meter nas suas vidas. Terá sido por isso que quem cortou o corpo o deixou ali, debaixo dos lençóis, em vez de se desfazer dele?

Regressa à esquadra. Por mais que tentasse, não conseguia tirar das narinas o cheiro fétido da morte. Verifica o seu e-mail, ainda nada da mulher Smith.

Sem mensagens ou qualquer informação nova para seguir, dirigiu-se à morgue. Se mais não fosse, podia actualizá-los com as últimas informações - Jennifer Walker estava a usar uma peruca. Agora tinha de alargar o âmbito da investigação.

Não havia muito mais que ele pudesse fazer até que identificassem positivamente o homem morto. Quem lhe dera lembrar-se de onde o tinha visto. A memória estava fora do teu alcance.

Uma coisa ele sabia com certeza: o homem não estava a tramar nada de bom.

CAPÍTULO 24

ABE E EL

Quando regressou a casa, Abe foi diretamente para o seu escritório. Precisava de estar sozinho para processar tudo o que tinha visto.

"Truz, truz", disse El, ao entrar. "Pareces perturbado, amor", massajou suavemente o ombro do marido.

"Estou só a pensar", disse ele, enquanto se endireitava na cadeira. El continuou a massajar-lhe os ombros e depois passou as mãos para o pescoço.

Quando os dedos começaram a doer, ela perguntou: "Queres uma chávena de chá quente?"

Abe levantou-se. "Gostava, mas vou buscá-lo eu mesmo." Sai do escritório.

El seguiu atrás dele: "Porque é que eu não faço um para ti? Também me apetecia uma chávena de chá".

"Não, deixa-me", disse Abe quando se aproximaram da cozinha. El seguiu-o de perto.

"Queres parar de fazer barulho?" disse Abe, um pouco mais alto do que esperava.

"Estás bem?", perguntou o Benjamin. perguntou Benjamin.

El disse: "Está tudo bem. Estamos a decidir quem faz uma chávena de chá melhor. Até agora, o Abe acha que está a ganhar. Agora, volta a ver o teu jogo".

Benjamin e Katie, aborrecidos com a televisão, desligaram-na e puseram-se a jogar um jogo de damas.

"Não me deixes ganhar desta vez!" disse a Katie.

"Não me deixes ganhar desta vez! disse Benjamin, por cima do barulho de chávenas e pires na cozinha.

Alguns momentos depois, a El apareceu na sala de estar. "Quem é que está a ganhar?", pergunta.

"Shhh," disse a Katie. "Está a concentrar-se.

Benjamin sorriu.

"Está um belo dia de sol lá fora e acho que vocês os dois deviam ir apanhar um pouco de ar fresco. Ou talvez, dar um pontapé na bola!"

"É uma ideia inteligente. Anda lá!" Disse o Benjamin.

"Ele só diz isso porque eu estou a ganhar!" disse Katie, enquanto o seguia para fora da porta e para o jardim das traseiras.

Do armário das bebidas no canto da mesma sala, El deitou uma dose do whisky cinquentenário preferido de Abe para um copo. Adiciona um pouco de soda. Leva-o até ele.

"Pensei que talvez algo mais forte pudesse acalmar os teus nervos."

Ele sorriu e agradeceu-lhe, tocando-lhe na mão. "Desculpa-me, El."

Ela beijou-o na testa, depois foi para a janela da cozinha que dava para o jardim. El riu-se e logo Abe se juntou a ela. Juntos, observam as duas crianças a correr e a brincar no jardim.

Abe bebeu alguns goles e relaxou, esperando que o saco de cadáveres que tinha visto na casa não contivesse o cadáver da mãe de Katie, Jennifer Walker.

CAPÍTULO 25

SGT. MILLER

MILLER CHEGOU À MORGUE e teve uma breve conversa com o chefe da patologia forense, J. T. Patterson, que depois teve de o deixar para se ocupar de uma identificação.

Momentos depois, os técnicos de autópsia chegaram com o saco de cadáver da casa dos Walker. Juntamente com o saco, havia uma folha de identificação e um recipiente com a indicação "objectos pessoais". Um fotógrafo tirou fotografias enquanto o selo era retirado. Depois, o corpo foi colocado na mesa de exame. Miller ficou fora do caminho, enquanto o corpo era desembrulhado pelos médicos legistas.

Patterson voltou a entrar na sala e puxou-o para o lado. "Um agente da OPP está lá em cima, na sala de visionamento. Acabou de identificar o corpo da sua mulher."

"Levesque?" Miller perguntou-te.

"Sim, tu conhece-lo?"

"Não, mas fui eu quem comunicou o corpo e, com base na informação que vi na base de dados, pensei que fosse ela."

"Importas-te de falar com ele? Lá de cima vais poder ver tudo o que se passa aqui em baixo. Ainda vais demorar um pouco até começarmos a autópsia."

"Claro que sim."

"Quando começarmos, estás à vontade para fazer perguntas. Poderemos ouvir-te e responder-te, embora as nossas respostas possam não ser imediatas. A nossa prioridade é o corpo da pessoa".

"E com razão", disse Miller. Depois sai da sala, parando brevemente no caminho para pegar uma xícara de chá quente na máquina de venda automática. Entregou-a a Levesque, apresentou-se e disse: "Lamento o que aconteceu à tua mulher."

"Merci. Ela era tudo para mim, monde entier. Os nossos filhos também não sobreviveram. Partiu-lhe o coração. Foi por isso que nos mudámos para cá, para mudar de ares e começar de novo." Ele combateu um soluço, depois bebeu um gole do chá quente. "Ótimo", disse ele.

"Desculpa-me."

"Obrigado."

Miller e Levesque sentaram-se lado a lado enquanto o pessoal lá em baixo se preparava para começar a autópsia.

"Podemos ir para outro sítio?" Pergunta ao Miller.

"Não, não é a minha mulher. Não, não é a minha mulher. Eu estou bem."

Patterson voltou para a sala de autópsia lá embaixo, vestido com um macacão, marca cirúrgica, luvas e botas pretas de cano alto. Miller e Levesque observavam enquanto eles pegavam amostras e as colocavam em recipientes que eram, então, colocados em gabinetes de biossegurança.

Quando parecia que estavam a terminar, Miller perguntou: "Uh, o que é que sabes até agora?"

"Obrigado por esperares", disse Patterson. "Com base nas nódoas negras à volta do nariz e da boca, e no estado ensanguentado dos olhos, a morte por asfixia é muito provável. Mas temos de esperar que as amostras de sangue cheguem do laboratório para o confirmar.

"Então, ele estava morto antes de ser cortado em dois?"

"Eu diria que sim", confirmou Patterson.

"Eu conheço este homem", disse Levesque, quase derramando a chávena de chá que agora colocava no parapeito.

Miller aproximou-se mais. "Quem é ele? Eu também o reconheço, tal como os meus oficiais, mas nenhum de nós se lembrava de onde o tinha visto."

"O seu nome é Mark Wheeler. Temos andado a investigá-lo e aos seus associados no negócio da venda de droga. É o filho de F. D. Wheeler, o bilionário e magnata dos media."

Miller lembrava-se agora; tinha conhecido pai e filho em eventos de angariação de fundos. "O nome Jennifer Walker diz-te alguma coisa?"

"Sim, ela era a sua última conquista - a sua parte à parte. O que é que lhe aconteceu?"

"Encontrámo-lo assim em casa dela e ela está desaparecida."

"És suspeita?"

"Sem dúvida. E ouve isto, o corpo dele foi cortado ao meio com uma serra. Posicionado na cama, como se estivesse sentado ao seu lado."

"Parece uma declaração."

"Uma declaração feita por quem? E para quem?"

"Isso eu não sei", disse Levesque.

Miller acrescentou. "Jennifer Walker tinha uma menina; sabias disso?"

"Não, não sabia. Ela também está desaparecida?"

"Não, está a salvo, mas não há sinal da mãe. E aquela casa estava uma confusão. Ela não pode voltar para lá."

Levesque levantou-se. "Lamento ouvir isto, mas eles estão à minha espera na casa funerária. Se me lembrar de alguma coisa que possa ajudar, digo-te. Obrigado pelas tuas palavras amáveis e pela chávena de chá." Atira a chávena vazia para o caixote do lixo e sai da sala.

Patterson, ao ver Levesque sair, disse: "Telefono-te quando soubermos alguma coisa em definitivo. Não vale a pena ficares por aqui. Vai demorar dias até o laboratório receber os resultados de algumas coisas, de outras, talvez horas, se tivermos sorte."

"Obrigado."

Miller voltou à estação e clicou no nome de Mark Wheeler na base de dados. Havia muita informação sobre ele, tanto boa como má. Mas sobretudo más, porque ele estava bem envolvido no jogo da droga. Passa a tarde a preencher relatórios e envia dois agentes para informar os familiares mais próximos.

Miller andava ocupado pela esquadra, verificando onde era necessário, quando, algumas horas depois, Patterson telefonou. "Os resultados acabaram de chegar: a causa da morte foi asfixia. Eu tinha razão - ele estava morto quando o cortaram ao meio."

CAPÍTULO 26

LAR DOCE LAR

ERA PERTO DA MEIA-NOITE. A casa estava silenciosa, exceto por um som, o som dos pés descalços de Abe a bater no chão de madeira enquanto andava de um lado para o outro. Estava quase todo vestido, exceto as meias e os sapatos. Suspirou, pôs as mãos atrás das costas e andou. Depois vira-se e caminha na direção oposta.

El, em camisa de dormir, passava creme frio nas bochechas e na testa. Apoia a almofada e pega num livro de poesia de Mary Oliver que está na mesa de cabeceira e começa a ler. Apesar de Mary ser a sua poetisa preferida, El não conseguia concentrar-se nas palavras ou no ritmo dos versos.

Fechou o livro, puxou as cobertas para cima e ficou a ver o marido a andar para cima e para baixo. Finalmente, pergunta: "O que é que se passa, meu amor?"

Abe parou por um segundo, depois voltou a deambular.

"Conta-me. Sabes o que se diz sobre um problema partilhado."

"Não posso."

El virou a cama para baixo e calçou os chinelos. Pega em Abe pela mão e coloca-o na ponta do seu lado da cama. Ajoelha-se, coloca a cabeça dele entre as mãos e começa a massajar-lhe as têmporas. Abe resistiu no início, sobretudo porque estava muito cansado, mas depressa a sua respiração acalmou. Desaperta-lhe os botões e tira-lhe a camisa, substituindo-a depois pela camisa de dormir. Tenta desapertar-lhe as calças.

"Eu posso fazer o resto sozinho", disse Abe, enquanto desabotoava as calças e baixava as cuecas.

El apanhou a roupa suja e colocou-a no cesto da roupa suja. Quando voltou, Abe estava de pé, como um rapazinho, à espera que a mãe o deitasse na cama.

"Como queiras", disse ela, conduzindo-o pela mão, afofando-lhe a almofada, acomodando-o debaixo dos cobertores.

"Obrigado, amor", disse ele, bocejando.

El voltou para o seu lado da cama e tirou os chinelos. Enfiou-se debaixo dos cobertores, ou tentou, mas, como sempre, o marido estava a acumular a maior parte do calor.

Mudou silenciosamente a almofada de lugar, tentou acalmar-se, mas não conseguiu. Em vez disso, ouviu a respiração dele mudar, e então soube que ele estava a dormir profundamente.

O luar entrava pelas cortinas, lançando uma sombra mágica no seu lado da cama. Adormece, recordando o dia em que conheceu o marido.

Ela e o pai estavam a trabalhar no negócio da família. Vendiam tecidos de todo o mundo e todos os acessórios que conseguiam arranjar relacionados com costura. O pai orgulhava-se de vender as máquinas de costura mais recentes e actualizadas. A sua mãe, de quem não se lembrava, tinha sido a inspiração para a loja. A sua mãe tinha morrido ao dar à luz a sua irmã.

Quando começaram o negócio, ela e o pai faziam a maior parte do trabalho. A irmã ajudava quando podia. Os tecidos mais vendidos e mais procurados eram os importados da Ásia e da Europa.

Um dia, entra um vendedor de tecidos: Abe. O pai conhecera-o numa conferência de compras em Nova Iorque. Fala muito bem do jovem, dizendo que ele nasceu para ser um "tocador de tecidos".

"O rapaz tem jeito", disse o pai dela. "Um dom dado por Deus, para sentir a qualidade e reconhecer as tendências antes de se tornarem tendências na indústria de tecidos."

"Porque é que não o contratamos, pai?" perguntou El.

"Acho que não temos dinheiro para o pagar. Mas convidei-o para jantar. Podes cozinhar o teu frango frito especial, biscoitos e puré de batata. Podemos descobrir se o caminho para o coração de um homem é mesmo dando-lhe de comer."

Ela riu-se, mas estava entusiasmada por conhecer este novo homem. Este Abe, com o dom.

Nessa tarde, ele chega à loja. Ela suspeitou que era ele, quase imediatamente. Tinha pouco mais de 1,80m de altura, vestia um fato cinzento que lhe assentava como uma segunda camada de pele. O seu cabelo louro estava penteado para trás, arrumado, com pouco óleo. Ela sentiu-se atraída por ele, como uma abelha pelo manjericão, enquanto o via passar os dedos pela seleção de tecidos importados mais caros.

O pai dela atravessou a loja para ir ter com ele. "Bem-vindo, Abraão", disse ele enquanto apertavam as mãos. "Apresento-te a minha filha, El."

"Prefiro que me chames Abe", disse o jovem.

El corou, nunca tinha ouvido ninguém discordar do seu pai. Ainda hoje, quando pensa nesse momento, as suas bochechas aquecem.

Depois houve outros momentos. O momento mais forte foi quando ficou com os braços arrepiados. Era uma ligação mágica. Eles foram feitos um para o outro. Como presente de casamento, o pai dela deu-lhes a loja.

Dois anos mais tarde, o pai morreu e a irmã mudou-se para longe para começar uma família com o marido. Entretanto, ela e Abe mantiveram o negócio a funcionar, em tempos muito difíceis.

El, que sempre quis ter filhos, não conseguia engravidar. Depois de fazer os testes, confirma que não consegue engravidar. Preocupava-se com a possibilidade de desiludir Abe, mas ele não se importava - ou se se importava, não o deixava transparecer. O negócio tornou-se o seu bebé.

Então, depois de estarem casados há dezanove anos, um jovem entrou na loja. Abe observou o jovem de aspeto maltrapilho, esperando que ele roubasse alguma coisa, pronto a chamar a polícia.

El observou: "Olha, ele também toca nos tecidos".

Aproximam-se do rapaz, que começa imediatamente a chorar.

"Queres uma chávena de cacau?" pergunta-lhe El.

Ele acena com a cabeça e segue-a até à cozinha, com o Abe atrás. Ela preparou-lhe uma chávena de cacau quente com duas fatias de torrada com manteiga e sentaram-se juntos à mesa.

O rapaz estendeu a mão para uma fatia de pão, depois olhou e escondeu as mãos sujas.

"A casa de banho é ao fundo do corredor", disse El. "Podes refrescar-te lá."

Enquanto ele estava fora, Abe disse: "Espero que não tenhas mordido mais do que podes mastigar, amor. É óbvio que ele está a fugir. Cheira mal e - não devíamos chamar a polícia e deixá-los descobrir quem ele é?"

"Ele é pequeno e inofensivo. Vê se ele nos quer contar primeiro a sua situação. Talvez possamos ajudar-te."

"Como queiras," disse Abe quando o rapaz voltou com as mãos limpas e a cara limpa e brilhante.

Comeu primeiro a torrada, depois soprou o chocolate quente e bebeu-o. "Obrigado."

"Não tens de quê", disse El. "Há alguém a quem queiras que liguemos para te vir buscar? A tua mãe ou o teu pai?"

Ele desatou a chorar. "Eles morreram."

El foi ter com ele e abraçou-o, enquanto ele lhe explicava sobre o acidente de carro, sobre o acolhimento, sobre tudo o que lhe tinha acontecido de mau. Acima de tudo, como ele não podia voltar atrás.

"Eu tenho um amigo na esquadra", disse Abe. "Talvez ele possa ajudar."

El pegou no rapaz ao colo, enquanto esperavam pelo amigo de Abe. "Ele é um homem bom," disse ela. "Vai saber o que fazer." O rapaz aconchegou-se a ela.

O Sargento Miller chegou um pouco mais tarde e, nessa altura, El já tinha oferecido o quarto de hóspedes ao rapaz, até que fosse possível arranjar algo mais permanente. Foi assim que se tornaram uma família.

Agora, todos dependiam uns dos outros e a loja já não vendia tecidos. Ainda assim, tinha dois tocadores de tecidos na sua vida, e quem sabe quando os seus talentos poderiam voltar a ser necessários. Sabia que tudo era cíclico.

El olhou para o seu marido adormecido. Beija o dedo e pressiona-o na testa dele, com cuidado para não o acordar. Ele sorriu, no momento em que Katie soltou um grito ao fundo do corredor.

CAPÍTULO 27

KATIE

"KATIE", SUSSURROU UMA VOZ. "Katie."

"Mamã, onde estás?"

A menina esfregou os olhos, a princípio incapaz de se lembrar onde estava. Atira os cobertores para trás e pisa o chão frio. Depois, vai para o outro lado do quarto e acende a luz. Dirige-se agora para a janela, onde as cortinas se agitam.

"Mamã, és tu?"

A abertura no chão por baixo da janela, o calor que dela emanava, atraiu-a como um íman. Quando pisou o respiradouro, a camisa de dormir inchou à sua volta, enchendo-se de calor.

"Katie," a voz voltou a sussurrar. "Onde estás, Katie?"

"Já vou, mamã", disse ela, tentando olhar pela janela, mas era demasiado alta para ela alcançar.

"Estou à tua espera", disse a mãe. "Estou à tua espera, aqui."

Ansiosa por a ver, a criança procurou algo onde se apoiar. Tira um vaso com girassóis de uma mesa e arrasta-o para debaixo da janela. Empurra a cama para junto dela. Pôs-se em pé primeiro na cama, depois no banco. Abre as cortinas. A rua lá em baixo estava negra como breu, com exceção do brilho dos candeeiros de rua.

"Mamã!" chamou, tentando abrir a janela. Quando não conseguiu alcançar a fechadura de cima, fechou os punhos e bateu no vidro.

"Katie", sussurrou a mãe. "Katie."

"Espera, mamã, por favor, espera por mim."

Saiu da mesa, foi para a cama, para o chão e foi até à estante. Levanta com as duas mãos um suporte para livros com a forma da letra A. Coloca-o em cima da cama, enquanto sobe para cima dele. Depois coloca-o em cima da mesa, enquanto sobe para cima dela. Levanta o A e atira-o contra o vidro.

O vidro estilhaça-se para dentro e para fora, apanhando-a a ela e à área à sua volta com estilhaços.

"Mamã!", grita ela.

Ela ainda estava a dormir, a tremer, a olhar pela janela estilhaçada.

CAPÍTULO 28

EL E KATIE

El e Benjamin dirigiram-se ao longo do corredor para o quarto da pequena Katie. Quando a encontraram, iluminada pela lua, estava encolhida no chão, perto de uma mesa tombada. O seu cabelo louro e a camisa de dormir moviam-se juntos, como se a brisa da janela fosse uma só com a respiração da menina. Reparam no sangue que se acumula à volta dela. Como um fantasma que surge na noite, ela levanta-se e grita: "Mamã!"

"Cuidado, não a acordes", sussurrou El.

Ficaram a ver como as gavinhas das cortinas flutuavam em direção a ela. O olhar dela, o olhar vazio para o nada, assustou Benjamin. Durante alguns segundos, esqueceu-se de respirar.

A sombra da lua pairou sobre ela. Acentua os seus ferimentos. É como se ela estivesse numa ilha, rodeada de vidro.

Benjamin empurrou-a, "Pára, não te mexas", sussurrou El, mas ele não ouviu. Atravessa o chão e puxa Katie para os seus braços. O corpo dela ficou mole. Ele ficou ali à espera, incapaz de se mexer por causa do medo de sussurrar o nome dela.

El regressou, trazendo o estojo de primeiros socorros.

Coloca-a na cama.

"Põe água quente numa tigela para mim." Ele não se mexeu. "Benjamin, põe água morna. E uma toalha de rosto e toalhas."

Ele acenou com a cabeça e saiu do quarto, enquanto El avaliava a situação. Ela treinou como enfermeira, há muito, muito tempo, antes de conhecer Abe. Esperava que se lembrasse do que fazer.

O som de gotas de sangue a cair nos lençóis brancos e limpos tirou-a da cabeça. Começou a trabalhar nas feridas, usando uma pinça para remover os pequenos fragmentos. Katie continuava a dormir.

"Ela deve ter sido sonâmbula," Benjamin sussurrou.

"Segura-a com firmeza, para que eu possa ver se há pedaços de vidro e removê-los."

"Achas que devemos chamar o 112?"

"Acho que não," disse El, "acho que nos conseguimos desenrascar." Continua, até que todas as feridas estejam desinfectadas e embrulhadas.

Katie choramingou, mas não acordou.

CAPÍTULO 29

VIDRO PARTIDO

"TEMOS DE A VIRAR de lado, agora", disse El.

Benjamin apoiou Katie de lado, enquanto El examinava os seus pés. Apenas alguns estilhaços de vidro tinham atravessado a superfície dos pés de Katie. A maioria estava simplesmente presa à pele perto da superfície e era fácil de sair.

A sua respiração tornou-se mais rápida em várias ocasiões, mas ela não abriu os olhos. El pôs um pano quente nos pés de Katie e envolveu-os, agora que a hemorragia tinha parado. Depois eleva os dois pés sobre uma almofada.

"Vou ficar aqui toda a noite", disse El. "Não quero correr o risco de a deixar sozinha, ou de a acordar quando me levantar da cama."

Benjamin foi ver mais de perto a janela partida. Primeiro, pensou que alguém tinha tentado arrombar a porta, mas depois viu o suporte para livros no chão. Apanha-o e volta a colocá-lo na estante. "Volto já", diz.

Entra na cave. Encontra uma folha de plástico adequada para ser colada com fita adesiva na janela até a poderem arranjar. Depois de a colar, varre o vidro o mais que pode.

Exausto, encontrou um lugar ao fundo da cama e adormeceu.

De vez em quando, o vento assobiava por entre as aberturas da fita adesiva, mas nenhum dos três adormecidos se deixou acordar por isso.

CAPÍTULO 30

ACORDA

O SOM DE UM gaio azul a cantar à janela do quarto faz com que Abe abra os olhos. Boceja e espreguiça-se. Repara que a sua mulher não está lá e chama por ela. Quando ela não responde, vê que lhe faltam os chinelos. "El!", chamou enquanto se dirigia para o corredor.

Quando chegou ao quarto de Katie, fez uma pausa e olhou para dentro. El estava lá, e Benjamin também.

"El?" sussurra ele; ela não acorda.

Foi então que ouviu um assobio seguido de um barulho de abas. Dirige-se à janela para investigar.

As cortinas estavam desalinhadas e o vidro tinha sido temporariamente remendado com plástico e fita adesiva. Sem conseguir perceber o que se passava, sai do quarto, fecha a porta atrás de si e vai para a cozinha.

O sol nascia no céu azul profundo, enquanto ele enchia a chaleira e via um novo dia nascer. Agora, na sua lista de tarefas, tinha de chamar o pessoal do seguro para vir avaliar os estragos, mas, primeiro, precisava de descobrir o que tinha acontecido.

O estômago roncava, por isso meteu duas fatias de torrada e carregou na alavanca. No caminho para o frigorífico, pega numa caneca e numa colher. Enquanto a chaleira acabava, tirou o leite e a manteiga do frigorífico e meteu uma saqueta de chá na caneca. Deita a água quente e fumegante, assim que o pão acaba de tostar.

"Bom dia", murmurou Benjamin.

"Bom dia, filho", disse Abe.

Diz algo inaudível a Benjamin.

"Senta-te já, a chaleira está quente e eu vou servir-te uma chávena de chá."

Benjamin obedeceu sem falar.

"Queres uma fatia de torrada?"

O adolescente acena com a cabeça.

Abe tira as suas fatias torradas e come uma fatia, depois outra. Coloca uma saqueta de chá numa segunda caneca e deita água, mexendo para que o chá fique em infusão muito rapidamente.

O homem mais velho sabia que o tempo era essencial, caso contrário Benjamin adormeceria outra vez - e depois seria inútil durante o resto do dia. Quando ficou pronto, Abe tirou a saqueta de chá da caneca, juntou-lhe dois cubos de açúcar e depois um pouco de leite.

Abe pegou nas mãos do rapaz, que estavam apoiadas na mesa, e colocou-as, uma a uma, sobre a caneca de chá quente. Observa como Benjamim sente o cheiro da bebida fumegante e ganha vida, antes de tomar um gole.

Vendo que o rapaz já estava bem acordado, Abe foi acabar de preparar as torradas.

Observa como Benjamim se transforma, regressando ao mundo dos vivos, minuto a minuto. Entretanto, bebe o chá e come o resto das torradas.

Passavam-se momentos em que o sol entrava pela janela e dançava sobre o perfil do jovem. Quando lhe pareceu que podia manter uma conversa, ou talvez fosse um pensamento esperançoso, Abe perguntou: "Vais contar-me o que se passou no quarto da Katie ontem à noite?"

"Não."

"Bem, eu nunca."

"Só se me contares o que se passou ontem em casa da Katie."

"Oh, vejo que estás ainda mais acordado do que eu pensava", disse Abe a rir-se. "Mas não posso."

"E porque não?" disse Benjamin enquanto mordia a torrada. A manteiga crocante e salgada sabia tão bem.

"Porque o meu velho amigo Sgt. Miller jurou-me segredo. Se te pudesse contar, contava. Agora, diz-me o que aconteceu com aquela janela. Preciso de telefonar ao pessoal do seguro e não o posso fazer enquanto não me disseres o que aconteceu."

Benjamin continuou a comer a sua torrada.

"Então, queres jogar o jogo das perguntas? Pergunta número um: alguém tentou entrar e levar a criança?"

Benjamin, que já tinha terminado o seu chá e as suas torradas, recostou-se na cadeira, pondo as mãos atrás da cabeça.

"Acho que ela deve ter andado a dormir. Pelo que pude ver, foi o suporte para livros que foi usado para partir a janela. Mas não consigo perceber porquê. Nada disto faz sentido."

"Pobre criança. Porque não me acordaste?"

Benjamin inclinou-se mais para trás, de modo que as pernas da frente da cadeira da cozinha se levantaram do chão. "O Sargento Miller nunca saberia que me contaste alguma coisa."

"Confiança é confiança. Ou o fazes ou juras. Ou não o fazes. Depende do tipo de pessoa que és. Eu cumpro a minha palavra e o meu amigo também. O Sargento Miller e eu confiamos um no outro e, tal como tu e eu, cumprimos a nossa palavra." Abe voltou a encher a chávena do bule. "Para ser sincero, sei muito pouco. Ele até me obrigou a ficar no carro, fora de perigo. Só posso supor o que sei através das idas e vindas, mas não quero passar nenhuma informação errada."

"Deves ter visto ou ouvido alguma coisa", disse Benjamin, seguido de um som de choramingo. Ele sabia que Abe não tinha intenções de quebrar a confiança do amigo e mudou de assunto.

"Aconteceu tudo tão depressa, com a Katie. Ela gritou e nós corremos para lá. Tinha pedaços de vidro nos pés. O El tirou-os. Eu não sabia que ela tinha formação de enfermeira e isso veio mesmo a calhar. Conseguimos controlar a situação e não valeu a pena acordar-te."

"Ela estava muito ferida? Vi sangue no chão."

"A El confirmou que os ferimentos eram ligeiros. A Katie dormiu durante todo o processo, enquanto a El tirava os cacos de vidro com uma pinça e mesmo quando punha desinfetante nos cortes."

"Já reparaste", disse Abe, "que a criança não se ri muito? Ri-se de vez em quando, mas não se ri como uma criança deve rir.

"Todas as pessoas são diferentes, talvez ela seja apenas tímida."

"Também tens tristeza. Quero dizer, por detrás dos teus olhos. Algo familiar e, no entanto, cativante."

"Não posso dizer que já tenha reparado em algo assim, tens a certeza que não estás a imaginar?"

"Vi esse olhar uma vez, quando vieste ter connosco pela primeira vez", disse Abe.

"Eu?"

"Talvez não fosse medo, talvez fosse mágoa ou tristeza, mas era constante, dor, remorso, negligência. Tudo junto num só. Ainda está lá nos teus olhos, mas a tua alma também está a emanar uma corrente de luz que a ultrapassa, seja ela qual for. Encontraste-te a ti própria, venceste-o, encontraste a tua própria verdade. Mas a pequena Katie precisa de ser curada, cuidada como eu cuidei de ti."

Benjamin colocou outra saqueta de chá na sua caneca, mexeu-a algumas vezes, depois retirou-a, juntou açúcar e leite, depois bebeu um gole. "Ela e a El têm uma ligação.

"Tens razão e é melhor preparar-me para abrir a loja. Avisa-me quando o pequeno-almoço estiver pronto", disse Abe, colocando os pratos no lava-loiça e indo preparar-se para o trabalho.

Na sala de estar, Benjamin ligou a televisão. Reconhece imediatamente a casa de Katie. Havia câmaras e meios de comunicação por todo o lado. A propriedade estava cercada por fita amarela da polícia. Já sabia que algo de mau tinha acontecido ali. Agora, descobre o quê. Aumenta o volume. Aproxima-se.

A repórter, vestindo um fato azul-marinho e óculos escuros, estava perto de uma carrinha branca onde se viam as iniciais da cadeia de televisão local.

"Fala Carly Wright, em direto da Ontario Street, onde um corpo foi descoberto recentemente. O homem foi identificado como Mark David Wheeler. A sua família imediata foi notificada. A polícia está à procura de testemunhas que o tenham visto entrar nesta casa atrás de nós, cujos moradores são Jennifer e Katie Walker. (Mostra duas fotografias.) Ambas estão desaparecidas e foram vistas pela última vez perto da orla marítima na sexta-feira de manhã."

Espera um minuto, a mãe da Katie tinha cabelo louro na fotografia. Quando ele a viu, o seu cabelo era preto -

estaria ela a usar uma peruca nesse dia à beira-mar? E se sim, porquê?

O repórter continuou. "Mark Wheeler vem de uma família bem conhecida nesta região. Uma família que tem ajudado muitas instituições de caridade ao longo dos anos. Os pormenores do funeral e da visita serão divulgados a seguir. Se alguém tiver informações sobre a Sra. Walker ou a filha, por favor, contacte a polícia local ou ligue-me."

Envolveu os braços à volta de si próprio, pensando num cadáver em casa de Katie. Todo o seu corpo começou a tremer. Para não se preocupar com as notícias, voltou à cozinha e ligou a chaleira. Enquanto ela fervia, olhou pela janela.

Os raios de sol beijavam o pavimento, enquanto os esquilos levantavam folhas e os pássaros voavam para dentro e para fora do comedouro. Não faziam ideia de que tinha sido cometido um homicídio, ou que uma menina tinha acordado a gritar com cacos de vidro cravados na pele. As suas vidas continuavam, da mesma forma, independentemente do que acontecia aos humanos nas casas que os alimentavam.

Quando a chaleira apitou, desligou o fogão mas não fez outra chávena de chá. Em vez disso, continuou a observar a normalidade do lado de fora da janela da cozinha, sem pensar em mais nada até deixar de sentir vontade de tremer ou de se abanar.

CAPÍTULO 31

KATIE E EL

"Mamã! Mamã!" Katie gritava com os olhos ainda fechados.

Enquanto o sol da manhã entrava pelo plástico, El segurava Katie nos seus braços. "Vai correr tudo bem, pequenina."

Katie abriu os olhos - não estava em casa e não estava na sua própria cama. "Mamã!" chamou-a. "Onde está a minha mamã?"

El soltou-a quando ela se afastou.

Benjamin, que tinha ouvido os gritos de Katie, assumiu o controlo. "Katie, tu estás bem e toda a gente anda à procura da tua mamã. Lembras-te do El? E lembras-te de mim, Benjamim?"

Katie estendeu a mão e pegou na mão de Benjamin e depois na de El. Encosta-as às faces enquanto as lágrimas escorrem, e depois repara nas ligaduras que tem nas mãos.

Tira os cobertores e vê as ligaduras protectoras nos pés. "O que é que aconteceu?

"Esperávamos que nos pudesses dizer", respondeu Benjamin.

Katie deu pontapés nos pés, enquanto se esforçava por tirar as ligaduras. Quando estas se soltaram, tentou tirar as que tinha nas mãos. El agarrou-lhe nas mãos e voltou a cobrir-lhe os pés e cantarolou para a acalmar. Em poucos minutos, Katie estava encostada ao seu ombro e a descansar calmamente.

Alguns momentos depois, Katie disse: "Lembro-me de ouvir a minha mãe a chamar-me."

"Num sonho?" perguntou Benjamin.

El pôs o cabelo de Katie atrás da orelha.

"Eu fiz isso?", perguntou a menina. "Parti a janela?"

"Acalma-te, filha," disse El. "O Benjamin arranjou-a, e em breve vai estar como nova. Não importa como a partiste. Para nós, o que importa é a tua segurança. As janelas podem sempre ser reparadas."

"Mas eu não?" perguntou Katie.

El abraçou-a. "És perfeita tal como és."

Benjamin perguntou: "Consegues lembrar-te de alguma coisa? Lembras-te de alguma coisa sobre o sonho?"

"A mamã estava a chamar-me, é tudo o que me lembro."

O trio sentou-se em silêncio. El estava a pensar no que poderia ter acontecido. Benjamin estava a pensar em como estava contente por ela não ter sido levada ou ter ficado gravemente ferida. Katie perguntava-se onde estaria a mãe e o que iriam comer ao pequeno-almoço.

"Tenho fome", disse ela, dando palmadinhas no estômago que lhe roncava.

"A empresa de suínos do Benjamin está ao teu serviço", disse ele.

Katie envolveu os braços à volta do pescoço dele, agarrou-se com força e lá foram eles para a cozinha.

"Queres ser a minha ajudante de panquecas?" perguntou El. Katie acenou com a cabeça e sorriu; Benjamin encontrou um lugar para ela na bancada. "É uma receita secreta de família", disse El, enquanto deitava dois ovos na farinha e começava a mexer. Quando ficou pronta, usou uma concha para deitar a massa no grelhador quente. "Muito bem, está na hora de os virares. Vês como estão a borbulhar?" Ajuda a menina a virar as panquecas.

"É mais fácil do que eu pensava", diz Katie. "Especialmente com estas luvas de forno grandes".

"Alguma vez ajudaste a tua mãe a cozinhar?"

"Às vezes, mas ela nunca me deixou sentar na bancada ou virar panquecas."

"Cozinhar pode ser divertido."

"Não cortar as cebolas - elas fazem-me chorar e também não gosto do seu sabor."

El riu-se. "Um dia destes mostro-te um segredo, como cortá-las debaixo de água, para não chorares." Depois para Benjamin, "Está quase pronto, podes dizer ao Abe?"

Katie riu-se. "Cortar cebolas na banheira? Tens piada, El. Os meus pés iam ficar a cheirar mal."

"Não, tonta. Eu queria dizer no lava-loiça. Mas tens razão, se as cortasses na banheira, ficavas com os pés a cheirar mal e tudo o resto a cheirar mal."

Katie e El riram-se, enquanto punham a mesa juntos. Logo Benjamin e Abe juntaram-se a eles. Todos comeram e depois Abe disse que tinha de voltar para a loja.

"Eu limpo tudo", diz Benjamin. "Mas demorava metade do tempo se me ajudasses.

"Acho que os clientes podem esperar", disse Abe.

"Vamos vestir-te", disse El a Katie e saíram da cozinha.

Quando estavam fora do alcance dos ouvidos, Benjamin disse: "Temos de falar, Abe."

***

"O que é que se passa?" perguntou Abe.

"Um homem chamado Mark Wheeler foi encontrado morto em casa da Katie. Deu nas notícias."

"Ah..."

"É só isso que tens para dizer?"

"Preciso de pensar", disse Abe. "Mais vale trabalhares enquanto arrumamos as coisas."

Quando tudo estava no seu lugar, Benjamin foi para a sala de estar e ligou a televisão.

"É melhor fechares a porta," disse Abe, o que Benjamin fez.

"Pensei que precisavas de voltar para a loja."

"E tenho, mas de passagem vi que estava a dar o noticiário. Atravessa a sala e aumenta o volume.

"Podias ter feito isso com isto", disse Benjamin, segurando o conversor.

"Já está feito", disse Abe, sentando-se.

Um repórter diferente que se assemelhava a Clark Kent estava no relvado da frente da propriedade dos Walker.

Diz: "A família de Mark Wheeler é bem conhecida nesta comunidade. Ao longo dos anos, a sua generosidade tocou e melhorou muitas vidas através de doações a instituições de caridade e fundações. No entanto, as alegações de uma ligação a drogas estão a ser investigadas."

"Oh não", disse Benjamin.

"Shhhh."

O repórter continuou. "Estamos à procura dos residentes desta casa atrás de mim. Jennifer Walker e a sua filha Katie Walker." Mostra uma fotografia. "Se alguém viu ou tem alguma informação sobre o paradeiro da Katie e da Jennifer, por favor, liga-nos ou entra em contacto com a polícia local."

"E se alguém nos visse a fazer compras com a Katie?

"Shhh."

"Quem tiver informações sobre o Mark Wheeler, pode ligar para a linha direta confidencial. O número está no fundo do ecrã." Mostra novamente a fotografia da Jennifer e da Katie. "É imperativo que encontremos estas duas, antes que lhes aconteça algum mal. Por favor, se estiveres por aí e tiveres visto ou souberes alguma coisa sobre o paradeiro delas - liga para a polícia. Qualquer informação pode ser útil. Mesmo uma informação que te pareça insignificante pode dar-nos algumas pistas para os podermos ajudar. Doug Falcon, em direto da SJB TV.

Abe e Benjamin ficaram em silêncio durante alguns minutos. Depois, Benjamin lembrou-se de que a mãe de Katie tinha cabelo escuro no dia em que ele a viu e que, na fotografia que o repórter mostrou, ela tinha cabelo louro. Benjamin contou-lhe esta recordação.

"Sim, a vizinha intrometida com quem falei, Judy Smith, mencionou a peruca.

"Queres dizer que já contaste ao Sargento Miller sobre isso?"

"Não contei, mas se calhar devia ter contado."

"Devias mesmo contar ao Sgt. Miller sobre a peruca. Mas e se alguém souber que a Katie está aqui connosco? E se, por isso, a janela foi partida ontem à noite? A Katie disse que ouviu a mãe a chamar-te. Estaria ela na rua, por baixo do quarto da Katie, a chamar por ela?"

Benjamin deu um salto.

"Pára", disse Abe. "Antes de mais, disseste que o suporte para livros foi usado para partir a janela por dentro. Provavelmente a Katie estava a ter um pesadelo. Além disso, o Sargento Miller sabe que temos a Katie aqui connosco e não deixaria que essa informação chegasse a ninguém."

"Mesmo assim, temos andado com ela por todo o lado. Para a loja, para um café. Alguém deve ter reparado nela. Ela é uma criança de aspeto distinto."

"Senta-te aqui e não te preocupes. Vou telefonar ao Sargento Miller, ou melhor ainda, vou até lá e falo com ele."

Dirige-se para a porta. "Entretanto, fica dentro de casa e diz à El para manter a loja fechada hoje.

"Que razão lhe devo dar? Devo explicar-te tudo o que descobrimos sobre o Wheeler?"

"De maneira nenhuma. Certifica-te de que, se a televisão estiver ligada quando a Katie estiver presente, nunca está sintonizada nas notícias."

"Farás isso."

CAPÍTULO 32

NA ESQUADRA DA POLÍCIA

Abe dirigiu-se à esquadra da polícia, onde estava a decorrer uma conferência de imprensa. O Sargento Miller estava ao leme. Miller coloca-se atrás de um púlpito, enquanto o microfone é levantado à sua altura. Um bando de repórteres aproxima-se, empunhando máquinas fotográficas. Um repórter grita uma pergunta. Abe abriu caminho por entre o circo dos media para subir as escadas e entrar no edifício. Detestava multidões, e estar no centro deste caos absoluto não era um lugar onde quisesse estar. Miller reconheceu a presença de Abe com um aceno de cabeça enquanto ele passava e entrava no edifício.

Um repórter gritou: "E a criança desaparecida? Tens alguma pista sobre ela?"

Um segundo repórter gritou: "O que sabes sobre a menina e a mãe? Como é que elas estavam envolvidas com o Wheeler?"

Miller levantou a mão para acalmar a coroa indisciplinada. Quando se acalmaram, respondeu: "Uma pergunta de cada vez, por favor. Primeiro, a criança foi dada como desaparecida - não está desaparecida. De facto, sabemos onde ela está, onde está Katie Walker - está sob a custódia de um lar de acolhimento".

Um suspiro audível de uma mulher na multidão. Por alguns segundos, uma mulher loira destacou-se das outras. Desvia o olhar por um segundo e ela desaparece.

"Katie Walker foi examinada por um médico?", perguntou outro repórter.

"Tudo a seu tempo", respondeu Miller. "Precisamos da tua ajuda para encontrar a mãe da criança. Não temos nenhuma pista."

Lembrando-se de que a mãe de Katie era loura e não morena, como tinha sido inicialmente anunciado - procurou na multidão a mulher que tinha visto antes. Não teve essa sorte. Não a consegue ver em lado nenhum.

"Vou responder a uma última pergunta e não a desperdices a perguntar-me onde está a criança, tudo o que te posso dizer é que ela está bem e em segurança." Escolhe a repórter seguinte para fazer uma pergunta: "Diz lá, Maggie." Conhecia a Maggie do jornal local há anos. Não era como as outras. Era uma verdadeira jornalista.

"Bom dia, Sgt. Miller", disse Maggie.

Miller acenou com a cabeça.

Maggie perguntou: "Se a criança, Katie, está sob cuidados, porque é que demoraste tanto tempo a ir a casa dela investigar?" Embora Maggie não se tenha mexido, os jornalistas que a rodeavam mexeram-se. Empurram-se e empurram-se, clamando para se aproximarem.

"Bem, Maggie," disse Miller. "A criança, quero dizer, Katie Walker, foi abandonada no Waterfront na sexta-feira. A morada dela só nos foi dada a conhecer ontem."

"Não é verdade", gritou outro repórter.

"Já chega", disse Miller, batendo com o punho no pódio e afastando-se do microfone.

O mesmo repórter gritou: "Falámos com a vizinha, a Sra. Judy Smith. Confirma que um homem idoso esteve na casa no dia anterior. O mesmo homem que ela viu ontem sentado no teu carro da polícia".

Miller continuou a andar, ignorando o burburinho, feliz por os repórteres não terem sido suficientemente espertos para juntar dois mais dois, uma vez que o homem de que estavam a falar tinha acabado de passar por eles e entrado no edifício.

Antes de entrar na estação, vira-se para os repórteres. "Já fizeste as tuas perguntas. Agora, deixa-nos fazer o nosso trabalho e tu o teu. Ajuda-nos a encontrar a mãe da criança. Obrigado pelo teu tempo." Atravessa as portas giratórias e vai para o seu gabinete.

Abe, que se tinha posto à vontade sentado, levantou-se para apertar a mão a Miller. Abe disse: "Vimos a fotografia da Katie na televisão e ouvimos falar do cadáver do homem morto. Que descoberta horrível. Não admira que estivesses tão calado quando me levaste a casa."

"Tudo no cumprimento do dever", disse Miller. "Queres café?" Abe recusou com um aceno de mão. Miller continuou: "Os repórteres estão à procura de uma história, qualquer história. Não ouviste a última pergunta. Aquela mulher - a tua vizinha intrometida - disse que tinhas visitado a casa e que estavas no meu carro. Quando saíres, temos de nos certificar que chegas a casa sem que ninguém te siga."

"Oh, não", disse Abe. Olha para o amigo do outro lado da secretária. Parecia que tinha envelhecido nos últimos dias. "Dormiste alguma coisa? Estás com um aspeto horrível."

"Dormiste? O que é que queres dizer com isso? Tenho estado a tentar juntar as peças, é um caso difícil. Pensámos que tínhamos uma pista sobre a mãe, mas não deu em nada. É como se ela tivesse desaparecido sem deixar rasto." O telemóvel dele tocou. "Ok, obrigado por me avisares."

"Não tens novas pistas?"

Miller aproximou-se mais. "Era o médico legista. Um novo corpo. Não tens identificação, ainda."

"Qual é o teu pressentimento? Achas que é a mãe da Katie?"

"Não te posso dizer porque não sei."

"E o homem morto, quem era ele? Quero dizer, sei o nome. Está ligado à droga. Não acredito que uma mãe pusesse o seu filho em perigo dessa maneira."

"Supostamente. Quem sabe porque é que as pessoas fazem o que fazem? Quando estivemos em casa, havia uma fotografia da Katie e do Mark em cima da lareira. Parece-me estranho que uma mãe o permitisse, se tencionasse matar o namorado." Fez uma pausa, com medo de estar a falar demais, depois mudou de assunto: "Mas, sim, as impressões digitais dele iluminaram o sistema. É o motivo que estamos a tentar encontrar."

"Um motivo, como um golpe da máfia?"

"Não deixes que a tua imaginação fuja", disse Miller. "Quanto a um motivo, isso eu não sei." O Sgt. Miller levantou o auscultador do telefone. Quando a rececionista atendeu, disse: "Sim, preciso que escoltem um civil para fora do edifício." Ele ouviu e respondeu: "Sim, pela porta das traseiras. Assegura-te de que ele não é seguido."

Abe levantou-se: "Meu caro amigo, tu vens comigo. Aposto que a tua mulher e os teus filhos têm saudades tuas e precisas de dormir."

O Sgt. Miller concordou com Abe em princípio, mas tinha demasiado que fazer. Ainda assim, dedica algum tempo a garantir que o seu amigo sai em segurança do edifício e regressa a casa.

"A costa está livre", disse o condutor. Miller fechou a porta do carro de Abe, observou até o carro desaparecer de vista e depois regressou ao seu gabinete.

CAPÍTULO 33

LOURO FLASHBACK

ERA UMA BELA TARDE de domingo e as famílias passeavam. Muitas faziam piqueniques, outras faziam exercício ou descansavam à beira-mar. O ar cheirava a doce, como acontece quando a primavera se transforma em verão. Os pássaros a chilrear e a esvoaçar eram visíveis em quase todas as árvores.

No banco de trás de um táxi, uma mulher observa as actividades da cidade. Deseja ter dinheiro suficiente para viver aqui também. Parada num sinal vermelho, observa uma família que atira um disco para a frente e para trás. Quando o semáforo muda e o carro segue em frente, continua a observar, até que não os consegue ver mais.

Pensa no que vai dizer à irmã. Já tinha pedido dinheiro antes e a irmã tinha-o dado - mas com relutância. Principalmente porque sabia para onde iria o dinheiro, que era para pagar as suas dívidas relacionadas com a droga. A tua irmã mais velha acabaria por ceder. Ainda assim, detestava estar na posição de ter de pedir. Especialmente em pessoa. Esperava ter um vislumbre da pequena Katie quando lá estivesse, talvez até uma apresentação. Agora que ela tinha sete anos, talvez até se lembrasse dela.

Uma ou duas vezes o condutor olhou para ela pelo espelho retrovisor. Ela ajustou os óculos de sol espelhados e limpou discretamente uma lágrima.

"Para onde estás a olhar?", perguntou.

"Nada", respondeu ele, virando para Ontario St. "De que número andavas à procura?"

Era a casa rodeada de fita da polícia, com viaturas por todo o lado.

"Segue em frente!", ordenou ela. "Conduz!"

"Está bem, mas para onde agora, senhora?", disse ele, fazendo inversão de marcha.

"Conduz, deixa-me pensar!", exclama a mulher. Tira o telemóvel da mala castanha e carrega na tecla de marcação rápida. Toca e toca e toca. Desliga, cravando as unhas no apoio de braço. Respira fundo e carrega noutro número da marcação rápida. Tal como o primeiro, ficou sem resposta.

"Senhora, preciso de saber para onde vou."

Ela gritou: "Conduz, até eu te dizer para parares."

"Está bem, senhora, tu é que mandas." Conduz sem rumo, parando e arrancando quando os semáforos mudavam de verde para vermelho. "Vamos pela rota panorâmica."

Volta ao longo das margens do Lago Ontário. Ao ver o contador de dinheiro e o custo que estava a subir, procura dinheiro na carteira. Os teus cartões de crédito já estavam no limite. "Onde fica a esquadra da polícia?", pergunta.

"Fica a uns quarteirões daqui."

"Leva-me lá", diz ela. No caminho, pensa no que dizer, no que contar sobre si mesma. Vê uma multidão a bloquear a frente da esquadra, enquanto se pergunta se isto tem alguma coisa a ver com a casa da irmã.

"Deixa-me sair, ali", exige, entregando ao motorista um punhado de moedas e algumas notas amassadas.

Ajeita a parte da frente do vestido, que agora se agarra a ela com estática. Atrás de si, ouve o nome da irmã e o de Katie. Avança, esperando para ver o que diria o homem no pódio.

Quando ele revelou que a filha estava bem e com uma família de acolhimento, ela quase desmaiou. Respira fundo algumas vezes e sai do local, feliz da vida por a filha estar bem. Quanto à questão do desaparecimento da irmã, bem, tudo isso seria resolvido a seu tempo.

Continua a andar na direção oposta à que tinha vindo. Usando saltos de cinco centímetros, não estava equipada para uma longa caminhada para qualquer lado. A brisa acariciava-lhe os braços nus e ela estava contente por, pelo menos, não haver hipótese de chover esta noite.

O cheiro a hambúrgueres de carne de vaca quentes e fumegantes, cebolas doces e batatas fritas gordurosas, fez-lhe roncar o estômago. A comida perfeita para a ressaca. Agora, praticamente sem dinheiro, a inalação de calorias teria de ser suficiente. Para se distrair, tenta lembrar-se dos números daqueles que pensa que a podem ajudar, mas o resultado é o mesmo.

Duas portas mais abaixo, encontra uma loja de segunda mão. Na montra, vê uma rapariga loura, aparentemente vestida para uma festa. Olha para o rosto do manequim, imaginando como seria a sua menina agora. Há anos que não via uma fotografia dela.

Tinha estado a bloqueá-la - como sempre fazia quando as coisas se tornavam demasiado pesadas para ela. "Compartimentaliza." Era o que o psiquiatra dela sempre lhe dizia para fazer. Mas a casa... ela tinha-a visto, isolada com fita amarela - fita da polícia - como no CSI ou no Murder She Wrote. Era a casa da tua irmã. A tua irmã que era a mãe do seu filho. Uma criança de que ninguém sabia nada.

Algumas portas mais abaixo, junta-se uma multidão. Junta-te a eles e vê um noticiário com legendas. Uma fotografia da irmã e da filha sob o título "Pessoas Desaparecidas". Depois, uma foto de Mark Wheeler sob o título: "Assassinado, ligação à droga".

Os dois incidentes estavam relacionados. Agora os seus joelhos cederam e ela escorregou para o pavimento.

"Estou bem", disse ela, enquanto estranhos a ajudavam a pôr-se de pé novamente. Agradece-lhes e, com os tornozelos a tremer, afasta-se.

Já tinha ouvido falar deste Mark Wheeler através do mundo da droga. Agora estava morto. Como é que a irmã dela estava ligada a ele? Seria ela própria a ligação? Ela devia-lhes dinheiro. Disse que o pagaria. Nem sequer era assim tanto. A irmã tinha pago a sua dívida de droga uma, duas vezes - já tinha perdido a conta de quantas vezes. De certeza que eles não iriam atrás da tua irmã. Ainda bem que eles não sabiam que a Katie era dela. Se não sabiam, então como é que o Wheeler tinha acabado morto? Será que essa ligação levava os bandidos a casa da irmã?

Tentou não pensar nisso, cambaleando para sabe Deus onde. Estressada, parcialmente delirante, lembrava-se do dia em que Katelyn nascera. Era jovem, dezassete anos, demasiado jovem para ser mãe, e no entanto, quando viu a filha pela primeira vez, sentiu todos os sentimentos maternais que uma mãe deve sentir.

Ter dezassete anos era suficiente para dar à luz o bebé e despertar os instintos maternais, mas não o suficiente para a convencer a ficar com a recém-nascida. Para a criar. Mas, oh, aquele rostinho. Sente o cheiro dela. O cheiro a cor-de-rosa. Agarra o telemóvel nos braços enquanto caminha.

Com os olhos cheios de lágrimas, disse a si própria para se recompor. Na altura, tinha feito o melhor para a Katelyn, dando-a à irmã mais velha para a criar.

Perdida, sem ter para onde ir, sem ninguém com quem falar, recriminava-se por ter vindo para a cidade. Por ser viciada em drogas. Por ter ido a casa da irmã. Por tudo - toda a maldita bola de cera.

Um homem que cheirava tão mal quanto parecia chocou com ela.

"Cuidado!", exclama ela, fazendo com que o pobre homem desate a chorar. Ela meteu a mão no fundo da mala, encontrou algumas moedas perdidas e uma pastilha para a garganta, e colocou-as na mão dele.

"Agradeço-te", diz o homem, balançando-se de um lado para o outro. Soprou a pastilha e meteu-a na boca, depois perguntou: "Estás perdido?"

"Sou nova na cidade", diz ela. "Há alguma coisa para ver por aqui?"

Ele leva a mão ao queixo, enquanto a olha. "Há um viaduto famoso ali em cima, continua a andar e não o podes perder. É uma vista espetacular".

"Obrigada", disse ela, enquanto se afastava.

Ansiosa por ver o ponto de referência, abre a carteira. Tira um cigarro do maço e acende-o. Dá uma longa tragada que a ajuda a relaxar. Pensa no que deve fazer, mas não encontra respostas.

***

A MÃE BIOLÓGICA DE Katie tinha parado para descansar os pés. O parque estava em plena atividade, com crianças e cães a correr à vontade. Apeteceu-lhe outro cigarro, mas não o acendeu. Em vez disso, ouve as gargalhadas. Porque, na verdade, não tinha para onde ir.

O seu telemóvel vibrou; era o Anson. "Onde estás?", perguntou ele.

"Estou perto da casa da minha irmã, mas ela não está em casa."

"Bem, tenho a tua encomenda pronta. Primeiro tens de pagar o que deves. Quando é que voltas para a ir buscar? Não te posso deixar aqui durante muito tempo. Se não conseguires pagar, então tenho de o vender a outra pessoa. Tenho uma lista de espera, como sabes."

"Não posso voltar imediatamente, mas preciso dele. Há alguma hipótese de me vires buscar? Eu pagava-te. Fazia-te qualquer coisa."

Esmaga! A bola de uma criança, de um rapazinho, saltou e bateu na ponta do sapato dela. Ela chutou-a de volta para ele.

"Obrigado, senhora", disse ele.

"Não te posso ir buscar. Isto não é um serviço de táxis", a linha fez um clique e ficou muda do outro lado.

O Anson era a tua última esperança, para voltares. Perderia a si mesma e tudo o que estava a pensar. Um golpe e tudo desapareceria - todos os pensamentos - todas as emoções - nem que fosse por pouco tempo.

"Vem cá abaixo!", gritou a mãe. "Tu vadiazinha suja!"

Foi há anos atrás, mas passava na tua mente como se estivesse a acontecer agora. Até conseguia sentir o cheiro da mãe, uma combinação de pó de talco e Jack Daniels.

A irmã tinha sido mais mãe para ela do que a mãe. O pai tinha fugido do galinheiro, logo depois de ela ter vindo ao mundo, e a mãe sempre a culpou pela sua partida.

"Fizeste-o ir embora!", gritava ela.

E a mãe trazia homens para casa. Homens que a ajudavam a pagar a renda, a pôr comida na mesa. Homens que eram monstros. Monstros dos quais a tua mãe devia ter protegido a filha.

Suspira. Anos de terapia tinham-lhe permitido perdoar a mãe. Aceitar que ela tinha feito o melhor que podia, dadas as circunstâncias.

Ali estava ele: O Viaduto.

Tremeu, era muito alto - mas sim, o sem-abrigo tinha dito que a vista lá de cima valia a pena a subida. Mas os sapatos nos pés estavam a apertá-la e, a meio da subida, cansada de os carregar, atira-os para o Lago Ontário. Ri-se a pensar numa tartaruga ou num peixe a observá-los enquanto caíam no fundo do lago.

Quando chega ao cimo, a vista tira-lhe o fôlego. Vê a fealdade, edifícios que costumavam ter uma função. Agora não têm pessoas, não são cuidados e as ervas daninhas crescem nas suas paredes. Havia uma beleza nua e crua que, se não estivesse tão alto, teria podido apreciar.

E na outra direção, o lago Ontário. Segue o caminho da água. À direita, um dos teus sapatos aparece e, pouco depois, o outro junta-se a ele. Flutuam como se um fantasma estivesse a dançar em vez de andar sobre a água.

Ela riu-se, primeiro baixinho, depois histericamente. O seu vestido ondulava à sua volta como se estivesse dentro de uma nuvem.

Sai para o parapeito. Era uma má mãe, pior do que a sua mãe tinha sido. A mãe dela, pelo menos, ficava e mantinha as filhas por perto. Deixa o julgamento para Deus, ou Jesus ou quem quer que seja.

A mãe biológica de Katie sentia que não valia a pena salvá-la. Não podia ser perdoada. Nem sequer se perdoava a si própria.

Passa as unhas falsas pelos braços. Traça as marcas deixadas pelas agulhas que usou durante tanto tempo. Sentia-as agora com os dedos. Mesmo que abandonasse o hábito, elas reconheceriam as suas vulnerabilidades e começariam a implorar para serem alimentadas.

Aproxima-se mais da borda. Fecha os olhos. Sente o cheiro das flores. Ouve os gritos das gaivotas. Depois caiu nas águas frias do Lago Ontário como uma marioneta cujos fios tivessem sido cortados.

***

QUANDO A ENCONTRARAM, NÃO muito longe do Viaduto, ela estava na água há menos de vinte e quatro horas. Os seus olhos estavam bem abertos, como se ainda estivesse a pensar em algo que estava fora do seu alcance.

A mãe biológica da Katie estava à espera de ser identificada na morgue.

CAPÍTULO 34

EL, ABE E A MENINA

"VOLTA PARA A CAMA", disse Abe, enquanto El juntava as suas coisas para levar para o quarto de Katie. Ela beijou-o na testa: "Queres uma chávena de cacau?"

"Estás a ler-me o pensamento."

"Fica aqui, debaixo dos cobertores e mantém-te quente. Até te dou uns biscoitos."

"Obrigado, amor." Escuta enquanto El vagueia pela cozinha, cantarolando. Compreendia a necessidade da mulher de confortar a criança, mas ele também precisava de ser confortado. Além disso, receava que ela estivesse a ficar demasiado apegada. Porque, dentro de um dia ou dois, a mãe da Katie podia voltar. Nunca mais a veriam. E depois?

El voltou com o tabuleiro. Beijou-o na testa quando saiu.

Katie estava sentada, à espera de El. "Quero ir para casa", disse ela, esfregando os olhos.

"Não gostas de estar aqui? pergunta El, já sabendo a resposta.

"Claro que gostas."

Abe meteu a cabeça para dentro: "Quem está a chorar?" El tenta afastá-lo. "O que posso fazer para te ajudar, pequenina?"

"Quero ir a casa buscar qualquer coisa."

"Bem, então", disse ele, sentando-se na ponta da cama. "Em primeiro lugar, eu e a El não temos a chave da tua casa, nem o Benjamim.

"Eu posso entrar, por uma janela. Terias de me levantar - já o fiz uma vez quando a mamã se esqueceu da chave."

"Do que é que precisas?" perguntou El.

"Acho que não devias ir", respondeu Abe.

"Gostava de ir buscar o meu abafador."

Mas tu tens a tua boneca linda, pequenino", diz El.

"Oh, ela é bonita, mas eu tenho o meu ursinho de peluche desde sempre e ele vai ficar sozinho."

"Deixa-me pensar nisso", disse Abe. "Agora cala-te e vai dormir, ou a El vai ter de voltar para o seu próprio quarto."

Sem uma palavra, Katie aconchegou-se debaixo dos cobertores e fechou os olhos. Abe piscou o olho a El e fechou a porta ao sair.

CAPÍTULO 35

ABE E BENJAMIN

ABE LEVOU O TABULEIRO para a cozinha, arrumou-o e depois foi para a sala. Benjamin estava a dormir no sofá, com a televisão a tocar ao fundo. Desliga-a e depois atira um edredão para cima do adolescente.

Abe regressou ao seu quarto e adormeceu. O som dos tachos e das panelas na cozinha e o cheiro do pequeno-almoço deram-lhe fome. Olha para o rádio-relógio - já são 9h30! Veste o seu casaco e vai para a cozinha.

"Devias ter-me acordado!" exclamou ele.

Katie deu um salto.

"Desculpa", disse ele. "Queria dizer-te bom dia, primeiro."

El acenou com a cabeça, Katie sorriu. Saiu da cozinha e foi para a sala de estar, onde Benjamin estava a ver televisão.

"Dormiste bem?" perguntou Abe.

Benjamin não falou, mas aumentou o volume da televisão para ouvir o que o repórter dizia nas notícias.

"O corpo de uma mulher apareceu esta manhã nas margens do lago Ontário.

Os pêlos dos braços de Benjamin eriçaram-se. "Meu Deus, espero que não seja a mãe da Katie."

Do lado de fora da porta da frente, o jornal caiu na varanda. Abe pegou nele e viu uma fotografia de Katie e Jennifer Walker na primeira página, sob o título "Mãe e Filha Desaparecidas". Enrola o jornal e atira-o para o caixote do lixo.

"Vem cá buscá-lo", disse El, e sentaram-se todos juntos para o pequeno-almoço.

CAPÍTULO 36

SGT. MILLER

FOI MARCADA UMA REUNIÃO na esquadra com a RCMP. Tinham sido chamados assim que o Wheeler foi identificado. Precisava de os informar sobre o paradeiro da Katie. Eles manteriam a informação em segredo.

Entretanto, um novo corpo tinha aparecido nas margens do Lago Ontário. Aparentemente com pegadas nos braços.

Antes de a polícia chegar, Miller ligou para Abe, para saber como Katie estava.

"Ela tem tido pesadelos. Partiu uma janela, magoou-se um pouco. O El conseguiu fazer tudo e a criança não ficou gravemente ferida."

"Oh, lamento ouvir isso", disse Miller. "É difícil para uma criança dormir numa cama estranha, numa casa estranha."

"Neste momento, tudo o que ela quer é ir para casa. Sente falta de algo a que chama o seu urso de peluche.

"Desculpa, Abe, mas está fora de questão."

"Mas ela não consegue dormir."

Miller levantou a voz e fechou a porta. "Abe, não podes ir lá em circunstância alguma. E se um jornalista te visse e te seguisse até casa?"

"Estou a ouvir-te."

"Mantém-te discreto, todos vocês. Eu entro em contacto e não te esqueças que temos um homicídio por resolver. E não sabemos onde está a mãe da Katie." Ele hesitou. "A Katie pode ser a nossa única pista. E eu sei que parece um tiro no escuro, mas as crianças são perspicazes. Por vezes, elas apercebem-se de coisas, coisas que nos podem ajudar a encontrar a mãe dela, a salvar a mãe dela, antes que seja tarde demais."

"Então, achas que a Sra. Walker deve ter estado envolvida no mundo da droga desde que ela e o Wheeler namoravam?"

"Nesta fase, não sei a resposta, mas não há sinais de arrombamento."

"A Katie disse ao Benjamin que foi o Wheeler que lhe deu uma boneca cara, por isso, ele esteve lá em casa mais do que uma vez. A outra parte irónica é que ele pode ter comprado a boneca a nós."

"A sério? Já viste os teus livros, para ver se há algum registo de uma encomenda? Pode ser uma pista. Pode ser alguma coisa."

"Não vi, e sabes que mais, até agora, quando te disse, nem sequer tinha pensado em verificar os meus livros. Já para não falar que, como a boneca é uma réplica da criança, um de nós aqui, se ele nos encomendou, deve ter visto uma fotografia da Katie. Não me lembro de a ter visto, mas tu sabes, a memória - e a idade. É uma das primeiras coisas a desaparecer." Abe riu-se.

Miller disse: "Sim, eu compreendo, mas por favor verifica e diz-me o que encontrares. O que quiseres. O método de pagamento. Data em que foi encomendada."

"Nós só oferecemos essas bonecas na altura do Natal, por isso deve ser fácil descobrir se ele as encomendou a nós."

"Vê se consegues descobrir mais alguma informação da Katie. Vê se consegues descobrir mais alguma informação da Katie. Destinos de férias. Parentes. Amigos. Qualquer coisa."

"Seria melhor se mandasses alguém? Um perito em interrogar crianças?" perguntou Abe. "Além disso, já que vais mandar alguém, porque não o mandas buscar o abafado?

"Terei de falar com os meus superiores. Pode ser, como próximo passo. Por agora, ela conhece-te a ti, ao Benjamin e ao El. Observa-a, sem lhe dares a conhecer. Faz-lhe perguntas, se ela o permitir, sem minar a confiança que ela tem em ti. Neste momento, és tudo o que ela tem. Ela pode ter testemunhado algo que vos pode pôr a todos em perigo."

"Como eu disse, ela tem tido pesadelos."

"Tens razão. O trauma pode causar pesadelos, sonambulismo. Ficar num ambiente desconhecido é uma adaptação em circunstâncias normais. Estas estão longe de ser normais." Miller hesitou. "Pensando bem, vou pedir a um dos meus agentes que passe por cá com um kit de ADN. O agente vai recolher uma simples amostra da saliva da Katie. Se ela quiser falar sobre alguma coisa. Quero dizer, com alguém fora da tua casa, então o meu agente dar-lhe-á essa oportunidade."

"Que ideia inteligente e obrigado por me avisares", disse Abe. "Acho que quando a criança foi deixada sozinha no parque, pode ter sofrido abandono. Mas não deve causar nenhum dano permanente, pois não?"

"Depende da disposição dela, não te posso dizer, Abe. Seria útil que procurasses qualquer informação que possas ter nos teus ficheiros."

"Farei isso."

"Entrarei em contacto contigo."

"Obrigado."

CAPÍTULO 37

PERDEU-SE E ENCONTRADO

ESTAVA UMA TARDE DE sol, sem uma nuvem no céu - o dia perfeito para pescar.

James e Andrea Richards estavam no Lago Ontário no seu barco, quando ela reparou em algo a flutuar na água. Pega num par de binóculos e olha mais de perto. A coisa saltava e movia-se, mas parecia uma mala de mulher.

"Juro por Deus, está ali uma mala de mão", disse ela ao marido, entregando-lhe os binóculos. "Talvez alguém tenha sido assassinado aqui mesmo no lago." Ela estremeceu, apesar de estar quente, e envolveu-se com os braços.

James olhou para ela. "Tens andado a ler demasiados romances da Agatha Christie.

Ela riu-se.

"Mas, de qualquer forma, vamos lá fora ver mais de perto, para ficares mais descansada. Afinal de contas, hoje o peixe não está a morder."

"Obrigada, amor", disse ela.

James apontou o barco na direção do objeto flutuante e, minutos depois, a sua mulher pôs a rede de pesca a funcionar, recolhendo uma mala de mão. Quando a tirou da rede, reparou que ainda estava fechada. Perguntando-se se o conteúdo estaria seco, abre-a.

"Espera!" exclama ele.

Tarde demais, tira a carteira. Tira a carteira e tudo o que está lá dentro está seco. Embora agora pensasse nisso, apercebeu-se de que tinha ido contra tudo o que sabia da televisão e dos livros ao perturbar o conteúdo.

Esquece, já estava feito. Abre a carteira e encontra uma carta de condução, alguns cartões de crédito, uma fotografia de um bebé, um tubo de pasta de dentes e uma escova de dentes (tamanho de viagem), um telemóvel com a bateria descarregada e cola de unhas.

"Acho que é melhor chamarmos a polícia", disse ela.

"Tens dinheiro? perguntou o Tiago.

"Não há dinheiro", disse ela enquanto ligava para o 112.

Depois de contarem à polícia o que tinham encontrado, foi-lhes dito que um agente iria ter com eles à costa. O casal ficou à deriva durante alguns momentos em silêncio, enquanto as gaivotas gritavam por cima das suas cabeças e apanhavam os peixes que saltavam à sua volta.

"Claro, agora estão com fome!" disse James, enquanto ligava o motor e se dirigia para lá.

CAPÍTULO 38

MORGUE

MAIS TARDE, DEPOIS DE receber uma chamada de Patterson, Miller foi à morgue.

"Confirmámos que a desconhecida não tem mais de 24 anos e que consome muita droga há muito tempo. Com um rasto destes, é viciada há muito tempo. Também é primípara."

"Que idade teria a criança, se tivesse sobrevivido?"

"Sete, talvez oito."

"A idade encaixa", disse Miller. "Alguma coisa fora do normal nas tuas descobertas?"

"A sua droga de eleição era cocaína. Na altura da sua morte, não tinha consumido nas últimas vinte e quatro horas. Era uma grande consumidora - grande acumulação metabólica de benzoilecgonina ao longo do tempo, mas nada recente."

"Achas que ela estava a tentar largar o vício?"

"Muito improvável, a não ser que estivesse internada numa clínica de reabilitação de topo."

"Que desperdício. É melhor ires para o escritório. Avisa-me se descobrires mais alguma coisa", disse Miller, dirigindo-se para a porta.

"Avisa-me."

O telefone de Miller tocou.

"Onde estás?", perguntou ele. "Podes crer. Posso ir buscá-lo eu mesmo. Não te preocupes. Estou a caminho. Vou para aí assim que a tiver. Obrigado."

Miller encontrou-se com os Richards, que lhe entregaram o saco.

"O que acontece se ninguém o reclamar?" Andrea perguntou.

"Guardamo-la como prova até que alguém a reclame", disse Miller. "Obrigado por a entregares."

CAPÍTULO 39

BENJAMIN E ABE

MILLER ENVIOU UMA MENSAGEM a Abe, dizendo-lhe o nome do agente que viria ver Katie e recolher uma amostra do seu ADN. Abe ligou para casa e contou os pormenores a Benjamin.

"O nome dela é Agente Lane e deve estar a chegar a qualquer momento."

"Ainda não há sinal dela", disse Benjamin.

"Quando ela chegar, pede à El para lhe dar uma chávena de chá e espera que eu chegue." Ao fundo, ouve a campainha da porta tocar.

"Tarde demais, ela já cá está e a El está ocupada com os clientes.

"Diz-lhe que feche a loja e que entre imediatamente."

"Diz-lhe para fechar a loja e entrar imediatamente.

"Escuta e sai", diz Abe.

Benjamin envia uma mensagem à El para que feche a loja e venha imediatamente para casa. Abre a porta.

"O meu nome é Agente Lane", disse ela.

El chegou e perguntou: "Qual é a emergência?"

Benjamin estendeu-lhe a mão.

"Estou aqui para ver a Katie", disse Lane. "E para recolher uma amostra de ADN."

El estendeu a mão. Convida o agente Lane a entrar na sala de estar.

"Esta é a agente Lane, Katie."

"Katie, podes chamar-me Lacey. Tenho aqui alguém que diz que tem sentido a tua falta." Puxou de um urso de peluche esfarrapado.

Os olhos da criança iluminaram-se, enquanto ela aceitava o seu peluche. "Edward", gritou ela. Depois, para a agente Lacey, disse: "Oh, obrigada." Para o urso, ela disse: "Senti tanto a tua falta." Ela encostou o rosto dele ao ouvido e disse: "Sim." Seguido de: "A sério?"

A agente Lane sorriu. "Edward é um nome bonito. Fico contente por vos ver reunidos. Agora gostaria de falar contigo, para nos ajudares a encontrar a tua mãe."

"Ela está perdida?" perguntou Katie com um beicinho.

"Não temos a certeza," disse Lacey, "mas dava-nos jeito a tua ajuda."

"O que é que queres que eu faça?"

A agente Lane meteu a mão na mala e tirou o kit de ADN. Tirou uma ponta de taco e abriu um recipiente para a colocar lá dentro. "Gostava de pôr isto na tua boca e tirar o que chamamos uma zaragatoa."

"Só ouvi falar de usar isso nos ouvidos", riu-se Katie.

"Exatamente o que a minha menina diria," disse Lane com um sorriso.

"Como é que ela se chama?

"O nome dela é Jemma, mas nós chamamos-lhe Jem."

"Que nome bonito, como uma joia", Katie sorriu.

O agente sorriu. "É macio, por isso não te vai doer. Vou passá-lo dentro da tua boca, depois coloco-o neste recipiente e enviamo-lo para um laboratório."

"Se estás com medo, Katie," disse Benjamin, "o agente Lane pode esfregar-me primeiro, para veres como é."

"Não tenho medo", disse Katie.

A agente recolheu a amostra, depois escreveu o nome de Katie na etiqueta. Coloca-o no recipiente. "Quando é o teu aniversário? E que idade tens?"

"É dia 1 de setembro, e tenho sete anos e meio."

Depois de a agente ter feito o teste, pergunta aos outros se pode falar com a Katie a sós.

"Não tens de o fazer", disse Benjamin. "Se não quiseres."

"Ele tem razão, Katie. Não tens de o fazer", disse Lane. "Queres ajudar-nos a encontrar a tua mãe, não queres? Quero dizer, se pudesses ajudar, irias querer, não irias?"

Katie olhou para El.

"Que coisa para pedires," disse El. "Claro que ela quer ajudar, mas é apenas uma criança."

Katie acenou à agente Lane e levou-a para o seu quarto, onde lhe mostrou a boneca e começou a falar sobre ela.

"Mark, o Sr. Wheeler comprou-me esta boneca no Natal, como uma surpresa. Ele estava sempre a vir cá e a trazer-me surpresas."

"Ele era simpático?"

"Sim", disse Katie.

"Há mais alguma coisa que me queiras contar?"

"Ele e a minha mãe às vezes eram felizes." Ela desviou o olhar. "Outras vezes eles gritavam, e ele ia-se embora."

"A tua mãe chorou? Quando ele se ia embora?"

"Sim, até irmos comprar batidos."

"Gostas de batidos?"

"Sim, o de morango é o meu preferido."

"Então o que é que acontecia?" A Lane perguntou-te.

"Mandava presentes para a minha mãe e às vezes para mim.

"Muito simpático da parte dele", disse Lane, brincando com o cabelo da boneca e depois com o cabelo de Katie.

"Eles não têm a mesma sensação", disse Katie. "O meu é mais macio."

"Tens razão."

"É porque a El usa um condicionador especial no meu cabelo e escova-o cinquenta vezes todas as noites antes de eu ir dormir. Diz que os adultos têm direito a cem escovadelas e as crianças a cinquenta escovadelas. Katie riu-se.

O agente Lane olhou para a janela tapada: "O que aconteceu aqui?"

"A El disse que eu era sonâmbula. Não me lembro."

"Alguma vez foste sonâmbula?"

"Acho que não", respondeu Katie. "A El pôs-me ligaduras. É uma enfermeira com formação. A minha mãe queria ser professora, mas..."

"O que é que a impediu?"

"Eu, ter nascido", disse Katie. Volta a pôr a boneca na cama e pergunta: "Há mais alguma coisa? Para ajudares a encontrar a minha mãe?"

"Eu queria saber se tens tias ou tios, avós, amigos, com quem a tua mãe possa ter ido ficar? E o teu pai?"

"A mamã tem uma irmã, mas eu nunca a conheci. A tua mãe é mais velha. Nunca conheci os meus avós. Nunca conheci o meu pai."

"Onde vive a irmã da tua mãe? Para lhe podermos telefonar?"

"Não sei."

"Já viveste em mais algum lado?" Lacey perguntou-te.

"Não." Katie olhou para os pés. "Desculpa não ser de grande ajuda."

A agente Lane deu-lhe uma palmadinha na cabeça: "Não sei, às vezes sabemos mais do que pensamos saber. Continua a pensar."

"Mais uma vez, obrigada pelo meu abafador."

"O prazer é meu."

A agente Lane dirigiu-se ao laboratório com a amostra e colocou-a na lista de alta prioridade. Depois de uma breve conversa, conseguiu colocá-la no topo. Regressou à esquadra.

***

O Miller recebeu uma chamada do agente Lane.

"Como pedido, levei a amostra de ADN da Katie Walker diretamente para o laboratório. Fizeram uma comparação com a mulher na morgue - coincidem."

"Não estou ansioso por partilhar esta notícia. É o pior desfecho."

"Se precisares de mim, vou contigo para te apoiar."

"Obrigado pela oferta, mas esta é uma altura em que o nosso conselheiro pessoal será extremamente útil. Não temos tido motivos para a utilizar com frequência, uma vez que trabalha fora das instalações. Eu não tenho tido muito contacto com a conselheira Briggs, tu tens?"

"Nem sequer conheço a mulher", disse o agente Lane.

"Acho que vou ser o primeiro a trabalhar com ela a partir da nossa estação."

"Aconteça o que acontecer, Sargento, ela deve estar bem treinada para lidar com isso."

"Espero bem que sim. Obrigado, e vejo-te na esquadra." Desligou, apercebendo-se de que não tinha o número de Eleanor Briggs no telemóvel. Liga novamente para a esquadra e pede ao funcionário da receção para localizar o número. Introduziu a informação no telemóvel, ligou para Briggs e informou-a da situação.

"Posso estar pronto assim que precisares de mim", indicou Briggs.

"Está bem, passo por aí para te apanhar dentro de quinze minutos", disse Miller, fazendo inversão de marcha. Não conseguia deixar de pensar na Katie. Esta notícia ia partir-lhe o coração.

Relutantemente, ligou para o número de Abe e informou-o da situação.

***

BENJAMIN SENTIA-SE CLAUSTROFÓBICO E desejava que a loja abrisse. Seria uma distração bem-vinda. Mandou uma mensagem ao Abe: "Onde estás?"

Abe estava quase em casa quando recebeu a mensagem, depois recebeu uma chamada do Sargento Miller.

"Tenho notícias tristes sobre a mãe da Katie. O corpo dela foi encontrado perto do Viaduto."

"Suicídio?"

"Não foi excluído."

"Está bem. São notícias incrivelmente tristes, de facto. Pobre Katie. Queres que lhe diga agora? Estou a ir para dentro."

"Não. Um conselheiro e eu vamos lá a casa para contar à Katie. Tu, o Benjamin e o El vão estar presentes? Ela vai precisar do teu apoio."

"Sim. É um desfecho muito triste. Claro que vamos lá estar todos."

Quando chegou a casa, foi à sala de estar e viu Katie abraçada a um peluche. "Quem é este agora?" pergunta ele.

"É o urso Edward, o meu peluche."

"Gostava de ver mais de perto, se puderes ir ao meu quarto e trazeres-me os meus óculos."

Katie saiu a correr e foi para o fundo do corredor. Acena a Benjamin e a El para que se aproximem e conta-lhes a triste notícia.

***

"POBRE KATIE", DISSE EL, com lágrimas nos olhos.

Benjamin não disse nada.

"O Sargento Miller vem cá com um conselheiro para contar à Katie. Eles gostariam que nós estivéssemos aqui para a apoiar. A conselheira vai gerir a situação, ela tem formação para ajudar crianças em situações traumáticas."

"A Katie vai ficar de coração partido, a pobrezinha. O que é que lhe vai acontecer?"

"E depois de lhe contarem, o que acontece?" Benjamin disse, com os ombros descaídos. O seu corpo fechou-se sobre si mesmo, como se tivesse levado um murro no estômago. "Vão levá-la para longe, mandá-la viver com pais adoptivos - quer dizer, com estranhos?

"Ela é feliz aqui," disse El.

"Exceto o incidente da janela e os pesadelos", disse Abe.

"Depois de ela saber que a mãe se foi, já não está nas nossas mãos. Talvez tenha familiares", diz El.

"Se não, vai para o sistema de acolhimento. Não pode ir para o sistema", disse Benjamin.

"Ela está connosco há alguns dias, o Sargento Miller vai garantir que a Katie é a prioridade, e ele conhece-nos."

"Nós adoramos a Katie", disse El.

Katie chegou à sala com os óculos de Abe. Ele baixou-se para que ela os pusesse na cara dele.

"Obrigado, pequenina", disse ele, enquanto lhe dava uma palmadinha na cabeça.

Abe, El e Benjamin formaram um círculo com Katie no meio. Levantaram-na e puseram-na a andar às voltas. Ela riu-se, atirou a cabeça para trás e imaginou que estava a voar.

CAPÍTULO 40

NOTÍCIAS RUINS

UMA PANCADA NA PORTA interrompeu a sua alegria. Deitaram Katie no chão e depois Benjamin e El puseram-se atrás dela. Cada um tinha uma mão no seu ombro. Abe foi atender a porta e voltou momentos depois com o sargento Miller e o conselheiro.

Benjamin agarrou com mais força o ombro de Katie.

"Todos me conhecem", disse o Sargento Miller. "Exceto tu, Katie, sou um velho amigo do Julius. E esta é a conselheira Briggs. Trabalha comigo na esquadra da polícia."

Abe apertou a mão máscula de Briggs, enquanto Katie, El e Benjamin permaneceram onde estavam.

"Tens uma casa linda", disse Briggs na direção de El.

Briggs era quase tão alta como Miller e, com uns ombros daqueles, parecia que podia ter jogado a defesa dos Packers. O seu cabelo cor de morango parecia que tinha enfiado o dedo numa tomada e depois aplicado laca. E o seu rosto, em vez de ser redondo ou oval, era quadrado devido à franja, ao cabelo e à falta de pescoço. O nariz dela estava descentrado, por isso nunca se sabia se os seus olhos verdes vesgos estavam a olhar para ele ou para quem quer que fosse que estivesse a falar. Briggs avançou para Katie, que se escondeu atrás de Benjamin e El.

Miller disse: "Katie, o conselheiro Briggs, Eleanor, gostaria de te dizer uma coisa. É importante."

Katie ficou onde estava até Benjamin e El lhe pegarem nas mãos.

"Eu digo-lhe", disse El, enquanto ela e Benjamin a levavam para a cadeira. Quando estavam frente a frente, El disse, "Katie querida, a tua mamã foi para o céu."

Briggs interveio. "A tua mãe morreu, Katie."

El pegou Katie em seus braços.

"Katie," disse Briggs, inclinando-se para lhe tocar nas costas. "Percebes? Sobre a tua mãe? Há alguma coisa que me queiras perguntar? Não faz mal se quiseres chorar."

Katie, sem dizer nada, atravessou a sala, onde esticou os braços e começou a virar-se. Parecia que estava a fingir ser um moinho de vento.

"Ela não está morta", canta ao som de uma música demasiado familiar - Frère Jacques.

Benjamin, com as lágrimas a correrem-lhe pelo rosto, pegou nela ao colo.

Enquanto isso, Katie gritava: "Ela não está morta! Não está morta!" enquanto batia com os seus pequenos punhos cerrados contra o peito dele.

Benjamin deixava-a descarregar toda a dor, usando-o como saco de boxe. Quando ela ficou vazia de todas as emoções e exausta, ficou mole nos seus braços como uma boneca de trapos. Ele levou-a para o quarto e deitou-a na cama. Ela fechou os olhos. As lágrimas escorriam de vez em quando, ele limpou-as e, segurando a mão dela, viu-a adormecer.

No corredor, Briggs virou-se para El, "A Katie está agora à guarda do tribunal. Eles vão decidir o que é melhor para ela".

"Ela acabou de perder a mãe", disse El, fechando os punhos com tanta força que as unhas romperam a pele. "Que tipo de mulher és tu?"

"Espera. Ela só está a fazer o trabalho dela, El", disse o Sargento Miller.

"Vais precisar de uma ordem do tribunal para a tirar de minha casa", disse Abe.

O Sargento Miller olhou para o seu velho amigo. "Espera aí, Abe. Não temos intenção de invadir o quarto dela e arrancá-la da cama. Ela acabou de perder a mãe e nós não lhe faríamos isso a ela nem a nenhuma criança, nem agora nem nunca. Além disso, ela conhece-te e está melhor num lugar familiar, com pessoas em quem confia e que conhece."

"Ela agora faz parte da nossa família", disse El.

"Sim, mas ela não é tua filha," disse Briggs. "Além disso, há leis e protocolos que têm de ser seguidos.

"Tu és uma mulher fria," disse El, atirando-se à cara de Briggs.

Miller afastou-os. "Eu vou falar com ela," disse ele a El. Depois diz a Briggs: "Podemos falar sobre isto lá fora."

Briggs pôs as mãos nas ancas. "Claro, podemos continuar esta discussão lá fora.

Deu um passo em direção à porta, depois disse a El e a Abe: "Então, estás a par do procedimento. Quando a papelada estiver pronta, um juiz decidirá qual será o próximo passo. O procedimento normal é a entrega da criança. Normalmente, dentro das próximas vinte e quatro a quarenta e oito horas. Se não o fizeres, terás de pagar uma multa por obstrução, por colocar a criança em perigo e, possivelmente, até uma pena de prisão. Tudo depende do juiz designado para o caso da Katie". Vira-lhes as costas e dirige-se para a saída.

"O nome dela é Katie", disse El atrás dela.

Miller desculpou-se profusamente enquanto seguia Briggs porta fora.

CAPÍTULO 41

MILLER E BRIGGS

MILLER ABRIU A PORTA da sua viatura com um clique. Quando entrou, fechou-a com força. Depois de respirar fundo, destrancou a porta do passageiro para deixar Briggs entrar no veículo. Enquanto ela apertava o cinto de segurança, ele bateu com os punhos cerrados no volante. "Não precisavas de ser tão duro com eles."

"Eles ficaram demasiado apegados a uma criança que não é deles. Uma criança que pertence à família, não a estranhos acidentais. Ela precisa mais do que nunca de estar com parentes de sangue, não com aspirantes a parentes."

"E se não houver parentes de sangue?"

Briggs abanou a cabeça. "Se não procurarmos, nunca saberemos. É nosso dever para com a criança, procurá-los. Não deixar nenhuma pedra por virar. Para garantir que ela recebe os melhores cuidados, com pessoas que a ajudem a lidar com a sua dor."

"Eles amam-na, fizeram dela uma parte da família e eu conheço-os há anos.

"Eu sei que conheces, mas há qualquer coisa. Há qualquer coisa que não está bem. Não consigo identificar o que é, mas está lá."

Quando saiu da entrada da garagem, Miller respirou fundo outra vez. "Mas se não fossem eles, ela poderia ter sido raptada ou assassinada. Eles salvaram-na, salvaram-na. Só Deus sabe o que lhe teria acontecido se a tivessem deixado sozinha à beira-mar toda a noite. Sabes como é a zona depois de escurecer. Drogados e prostitutas. A criança teve muita sorte por a família do Julius a ter encontrado, acolhido e tratado como se fosse sua filha."

"Compreendo o teu ponto de vista, Sargento Miller, mas até tu tens de perceber que a criança tem de ser a prioridade aqui. E eu tenho de seguir os meus instintos."

Ele estava tão zangado que não conseguia falar, por isso, em vez disso, cravou as unhas no protetor de couro do volante enquanto ela continuava a divagar.

"Estás na polícia há anos e a tua reputação é excelente. E, no entanto, estás a deixar-te levar pelas tuas próprias emoções. Pelo que ouvi, deixaste que a polícia pagasse a conta da procura de uma criança de quem sabias o paradeiro há dias? Até fingiste à imprensa que ainda estávamos à procura não só da mãe dela, mas também da Katie. Como sabes muito bem, em ambos os casos as tuas acções foram contra os procedimentos".

Miller cravou ainda mais as unhas no protetor do volante. Prendeu a respiração e concentrou-se na estrada. Se não o fizesse, ficaria extremamente zangado e... não queria perder o controlo quando ela estivesse a ligar o interrutor. Tentava fazê-lo perder a calma, questionando a sua integridade. Ele era o seu superior, em todos os sentidos e, no entanto, aqui estava ela a falar como...

"Oh, já percebi", disse ela. "Eles são teus amigos e não podem ter um filho, por isso, pronto, aqui está o filho de todos que ninguém quer."

Miller travou o carro quando o semáforo passou de âmbar a vermelho. "Com quem pensas que estás a falar?", perguntou. "Em primeiro lugar, ninguém, como tu lhe chamas, "paga a conta". Na verdade, segui o protocolo e informei o D.P.C. sobre o facto de a Katie ter ficado com o Abe e a mulher dele. Ele disse-me para monitorizar a situação, o que eu fiz. E quando a RCMP se envolveu, eu disse-lhes onde ela estava. Eu sigo o protocolo."

Ela abanou a cabeça: "Desculpa, mas isto não é pessoal. É por isso que o sistema existe, para proteger aqueles que não se podem proteger a si próprios."

Ele reconheceu a sua última afirmação com um aceno de cabeça, sabendo que era verdade. Deixar Katie onde ela estava fazia sentido, mas Briggs tinha razão numa coisa, regras eram regras. Os factos eram estes: o casal era idoso, e isso podia influenciar os tribunais.

"Esta é a minha jurisdição", disse Miller. "Não me venhas com o livro de regras. Eu estava a seguir as regras, enquanto tu ainda estavas a ser empurrado num carrinho de bebé."

Briggs riu-se.

Continua, agora mais calmo. "O sistema tem as suas falhas, mas a criança, a Katie, não se perdeu no sistema. Foi entregue aos cuidados da família Julius, que é um pilar na nossa comunidade."

Briggs ficou um pouco calado. "Entregue é a palavra a que me oponho. Uma criança não é um cachorrinho para ser entregue. Um juiz tem de analisar os factos e decidir este caso. O juiz verá as coisas a preto e branco. Não se deixa influenciar pelas emoções."

"Eu garantiria o Abe e a El. Se eu morresse, não me lembraria de um casal melhor para tomar conta dos meus filhos - isto é, se eles ainda fossem crianças. Os meus já estão todos crescidos."

"Isto não é sobre ti, Sgt. Miller. Esta luta não é tua."

Miller ficou em silêncio. Ela tinha razão noutra coisa: a luta não era dele. Mesmo assim, conhecia o Abe e a sua família.

Miller deixou Briggs no seu carro estacionado e dirigiu-se para a esquadra. Ela deixou-o tão zangado, furioso. O que ele mais odiava era o quanto ela estava certa. Por um lado, a maioria dos juízes não se importaria com Abe e El e com a idade deles.

Por outro lado, eles não se importariam com os chamados instintos do conselheiro Briggs. Especialmente se ele entrasse lá e defendesse o caso do Julius primeiro.

Calcula que Briggs demorará pelo menos trinta minutos a regressar ao escritório. Mais ou menos, dependendo do trânsito. Entretanto, ele tinha posto um plano em ação.

De volta ao escritório, Miller clicou na base de dados e leu o relatório do agente Lane. Escreveu uma adenda actualizada:

Data, hora. O Sgt. Alex Miller e a Conselheira Eleanor Briggs encontraram-se na casa da Família Julius, onde Katie Walker tem estado desde que a sua mãe desapareceu em Data, Hora. Com Abe, a sua mulher, El e o seu filho adotivo - escreveu por cima de adotivo - acrescentou adotado.

Pára, por não saber se o rapaz continua a ser acolhido ou adotado. Volta a escrever filho adotivo, enquanto Katie é informada da morte da mãe.

Na minha opinião, a criança deve ficar com a família Julius. Conhece-os e ganhou confiança. Mudá-la, neste momento de dor, para um ambiente desconhecido, com pessoas que não conhece, seria uma mudança cruel e desnecessária e poderia ter repercussões na possibilidade de a menina sobreviver à perda da mãe.

Pára de escrever e volta a ler. Sentiu a necessidade de abordar a intuição de Briggs. A verdade é que a única pessoa que tinha perturbado a criança era o próprio Briggs.

Clica no ficheiro para o fechar.

Miller fez um telefonema para um juiz amigo seu, o juiz Anders, que sugeriu que fosse marcada uma audiência preliminar. Anders concordou que não havia razão para desenraizar a criança.

"Pede ao requerente para vir ao tribunal dentro de uma hora", disse Anders. "E podemos pôr as coisas em andamento."

"Obrigado", respondeu Miller. Desligou e ligou a Abe, explicando-lhe a urgência da sua ida ao tribunal. "Encontra-te comigo na entrada, o mais rápido que puderes. Vamos ver o juiz Anders nos seus aposentos juntos e tratar da papelada." Hesita e depois continua. "Pedi um favor que espero que seja suficiente para que possas levar a Katie contigo", disse Miller. "Por isso, não te atrases.

"Vou a caminho", disse Abe, e pediu um táxi. Assim que entrou no veículo, mesmo antes de ter tido oportunidade de apertar o cinto de segurança, deu instruções ao motorista para o levar ao tribunal o mais depressa possível.

"Se eu for multado, tens de pagar a conta", disse o condutor.

"Não te estou a dizer para desrespeitares a lei, apenas para a pisares e evitares os caminhos mais congestionados."

"Claro que sim", respondeu o condutor.

***

DE VOLTA AO SEU gabinete, Eleanor Briggs percorreu os ficheiros on-line da criança chamada Katie Walker. Bingo, encontrou um relatório recente escrito pela agente Lacey Lane. Nele, Lane dizia que Katie estava a ter pesadelos e era sonâmbula. Numa ocasião, chegou mesmo a automutilar-se. El Julius tratou dela sem chamar uma ambulância, alegando ser uma enfermeira qualificada.

No documento original, escreve a seguinte adenda:

Data, hora. A conselheira Eleanor Briggs e o sargento Alex Miller foram a casa dos Julius, onde Katie Walker foi informada da morte da mãe. Também estavam presentes Abe, El e Benjamin Julius.

Katie estava a viver com eles desde o desaparecimento da mãe em Date. A criança recebeu a notícia da melhor forma possível, dadas as circunstâncias.

No entanto, El Julius tornou-se hostil quando Briggs tentou comunicar diretamente com a criança. Depois de ler o relatório do agente Lane, esta conselheira é da opinião de que os pesadelos podem ter sido o resultado direto do excesso de maternidade da Sra. Julius. Isto é preocupante, uma vez que a mãe de Katie, até hoje, era considerada viva. Por isso, recomendo que Katie Walker seja imediatamente retirada de casa dos Julius. De preferência, que seja transferida para uma casa com um familiar de sangue.

Pára de escrever e pensa por um momento. Será que a leitura desta informação esclarecia o pressentimento que ela tinha? Decide que não. Ainda assim, agora ela tinha mais informações que tornariam seu caso mais forte.

Briggs estava certa de que a maioria dos juízes seguiria as suas recomendações e levaria a pequena Katie Walker para os cuidados da província.

Carrega em ENVIAR.

CAPÍTULO 42

BRIGGS FALTA DISSO

Uma amiga que trabalhava no gabinete do juiz Anders devia um favor a Eleanor Briggs. Telefona-lhe e põe-na ao corrente da situação. "Filho da mãe", exclamou Briggs. Anders não era o tipo de juiz a quem pudesses telefonar e negociar. Só o poderias enfrentar cara a cara. Saiu a correr do edifício, foi para o carro e dirigiu-se para o tribunal.

Briggs não podia acreditar que Miller se dirigisse a um juiz, muito menos a um com quem ela nunca tinha visto os olhos. Embora, pensando bem, não achasse que Miller soubesse que se tinham desentendido. Mas, por outro lado, as notícias espalham-se na esquadra. As pessoas falavam. Faziam mexericos como em qualquer outra carreira. Era demasiada coincidência.

Miller tinha de saber. Desviou-se de uma esquina, fazendo guinchar os pneus quando o semáforo ficou amarelo.

Bateu com os punhos no volante. Ainda não acreditava que era o Juiz Anders que estava a presidir a esta audiência preliminar. Ele era conhecido pela sua clemência e adorava histórias que lhe tocavam o coração. Ele era um juiz bom, justo, e justo, mas ele usava o seu coração na manga - alguns pensavam que era a sua melhor qualidade como juiz. Para Briggs, seguir as regras à risca era a única forma de trabalhar. Se ao menos Anders soubesse dos pesadelos e da Sra. Julius fingindo ser enfermeira - isso poderia mudar tudo.

Briggs chegou aos aposentos do juiz, quando Miller e Abe estavam a sair.

"Chegaste tarde demais," disse Miller. "O juiz Anders aprovou o nosso pedido para a Katie ficar com os Julius durante um mês. Volta a analisar o caso quando o prazo terminar."

Briggs abriu caminho por entre os dois homens, entrou nos aposentos de Anders e fechou a porta atrás de si.

"Ele não vai gostar de ser questionado," disse Miller enquanto ele e Abe deixavam o edifício.

CAPÍTULO 43

ABE E MILLER

MILLER FICOU SATISFEITO COM o resultado enquanto levava Abe a casa. A única coisa que poderia mudar as coisas para Katie no próximo mês, seria se um familiar se apresentasse. Caso contrário, a criança ficaria ao seu cuidado indefinidamente.

Abe ficou calado até o carro parar em sua casa. "O que é que acontece se a Briggs conseguir o que quer e a Katie for enviada para viver com estranhos?"

"Ganhámos uma decisão a nosso favor, não nos vamos preocupar com isso agora."

"Mas eu preocupo-me. Tenho a certeza que o Benjamin e a El também estão preocupados. Achas que devemos dizer à criança que só vai estar connosco um mês? Para a preparar?"

"Um mês para uma menina como a Katie é muito tempo," disse Miller. "E ela ainda está de luto pela mãe."

"Vai ser um caminho difícil, mas obrigado", disse Abe, saindo do carro. Acena quando o Sargento Miller se afasta.

CAPÍTULO 44

KATIE

QUANDO KATIE ACORDOU, ESTAVA a olhar para o teto. As pequenas pétalas de rosa pareciam ainda mais bonitas hoje, com o sol a brilhar sobre elas. Observa as pétalas vermelhas, dançando no ar, rolando e esvoaçando como num filme.

El estava a dormir profundamente ao seu lado e Benjamin estava a dormir na cadeira. Lembra-se que aconteceu uma coisa maravilhosa e depois uma coisa não tão maravilhosa.

Fecha os olhos e tenta lembrar-se do bom e do mau. Pensa no homem com o uniforme da polícia e na mulher assustadora. Estremece ao lembrar-se que a mulher a tinha agarrado.

Depois lembra-se. A mulher má disse que a tua mãe estava morta, mas não estava. Chora.

Benjamin e El abraçaram a criança.

"Não está morta", disse ela com os olhos cheios de lágrimas.

"Vai correr tudo bem", disse El, lutando contra as lágrimas.

"Nós estamos aqui para ti", disse Benjamin.

Benjamin sabia que não podia tirar-lhe a dor, que era dela e só dela. Ele próprio tinha sentido a mesma dor da perda. Foi assim que ele soube que podia ajudá-la, partilhando a sua dor, como Abe tinha feito por ele há muito, muito tempo. Então ele tinha derramado a sua dor em Abe, agora ele permitiria que Katie derramasse a sua dor nele.

CAPÍTULO 45

MAIS KATIE

QUANDO ABE ENTROU, ENCONTROU Benjamin e El no quarto de Katie.

"Preciso de falar contigo, El", sussurrou ele.

Ela saiu, deixando Benjamin e Katie para trás, com a porta entreaberta.

Abe pegou na mão da mulher e levou-a até ao fundo do corredor.

"Estão a levá-la para longe de nós?", perguntou ela.

"Vem para a cozinha quando pudermos falar como deve ser."

Benjamin tinha acordado e estava a ouvir, até que se afastaram para a cozinha.

"Não, hoje ganhámos, ela pode ficar connosco pelo menos mais um mês, e possivelmente indefinidamente."

"Ainda bem que não tens de a mudar de sítio. Não está em condições de ser levada para viver com estranhos. Eu não o suportaria."

"É apenas temporário, mas graças à defesa do Sgt. Miller, é uma vitória."

"Temos de contar ao Benjamin."

Foram para o quarto da Katie. Ela estava a dormir, Benjamin, por outro lado, não estava em lado nenhum. De volta ao quarto de Katie, El acaricia a cabeça da menina. Atira as cobertas para trás: era a boneca, não era a Katie. "Oh, não!", exclama.

O casal de idosos procurou em todas as divisões da casa e depois foi para o jardim. Continua a não encontrar nem a Katie nem o Benjamim.

"Onde é que eles podem ter ido? perguntou El.

"Não sei", disse Abe.

"Ela estava tão perturbada. Só a tínhamos acalmado quando pediste para falar comigo." Ela ofegou. "Talvez o Benjamin tenha pensado que eles a iam levar e por isso levou-a antes que eles o fizessem. Quando me chamaste para fora do quarto... Ele deve ter pensado." Ela chorou nas suas mãos.

"Eles não podem ter ido longe."

CAPÍTULO 46

BENJAMIN E KATIE

CARREGA A CRIANÇA ADORMECIDA nos braços e entra no táxi que tinha pedido.

"A minha irmã adormeceu, antes de eu a poder levar a casa", explica.

O motorista encolhe os ombros.

Benjamin acariciou o cabelo de Katie enquanto ela dormia. Levá-la, tinha sido a única maneira de a manter segura. Havia perigos por todo o lado. Perigos dos quais só ele a podia proteger.

Quarenta e cinco minutos depois, do outro lado da cidade. "Podes deixar-nos aqui", disse Benjamin.

"Dorme muito bem", disse o condutor. Sai e abre a porta. Benjamin coloca algumas notas na sua mão.

O homem que estava à porta abriu-a e ele recolheu a chave. No elevador, Katie mexeu-se por um momento, depois voltou a adormecer.

Ao chegar ao sétimo andar, abre a porta e deita-a cuidadosamente na cama. Fechou as cortinas, colocou um cobertor sobre ela e sentou-se numa cadeira perto da cama. Adormece.

"O que é que aconteceu? Onde é que eu estou?" Katie perguntou, esfregando os olhos e tentando sair da cama. Não o conseguindo fazer, fica na almofada. Tinham passado algumas horas e ela estava num lugar desconhecido. Um lugar que cheirava a algodão doce e a torradas queimadas.

Benjamin esperou que Katie acordasse antes de falar com ela. Como as drogas que lhe tinha dado tinham passado, podia falar com ela. Explicar-lhe as coisas. Mantém-na calma.

Ele não queria que ela gritasse. Alguém poderia ouvi-la se ela gritasse. Então teria de a magoar. Ele não a queria magoar.

CAPÍTULO 47

ABE E EL

"ACHO QUE É MELHOR ligarmos ao Sargento Miller e avisá-lo", disse Abe.

El impediu-o. "Porquê? Vai correr tudo bem. Ele vai trazê-la de volta. Ela não terá ido longe, não sem a boneca."

"Tenho um mau pressentimento sobre isto", disse Abe. "Vou telefonar ao Sargento Miller." Levanta-se e vai até ao telefone. Pegou nele e começou a marcar.

"Tens razão, Abe." Ela aproximou-se dele no momento em que o marido pousou o telefone e virou as costas para se afastar. "Tens razão, Abe. As duas crianças estão desaparecidas.

Segue de perto os passos do marido. "A responsabilidade é nossa. Temos de encontrar as crianças, e depressa."

"E vamos encontrar, não precisas de entrar em pânico.

"Talvez", disse El, enquanto Abe pousava mais uma vez o auscultador do telefone. "Talvez. Mas..." El dirige-se para a porta da frente. "Vou lá fora chamar por eles. Talvez estejam escondidos. A brincar às escondidas."

Abe agarrou-a pelo braço. Puxou-a de volta para dentro, para a sala de estar.

El observava em silêncio enquanto o marido andava de um lado para o outro e ficava mais agitado a cada momento que passava.

CAPÍTULO 48

KATIE

NUMA CADEIRA AO LADO da cama estava sentado o Benjamin. Parecia o Benjamin e depois não parecia. Estava todo desfocado e distante.

Onde é que estava o El? Onde estava o Abe?

Olha para o teto, não havia pétalas de rosa a dançar neste quarto. A sala começou a girar, enquanto o seu estômago subia até à garganta.

Benjamin estava ao seu lado, segurando um balde de gelo no qual ela vomitou. Quando ela acabou, ele foi à casa de banho e deitou o conteúdo do balde na sanita. Passa água fria numa toalha e volta a colocá-la na testa da criança.

"Já estás melhor?", perguntou enquanto o telemóvel vibrava. O Abe está a ligar. Desliga o telemóvel, tira a bateria. Deitou-o no chão e pisou-o, depois atirou os restos para o caixote do lixo.

Katie observou-o em silêncio até ele voltar. "Sim, obrigada", disse ela. Ele sentou-se na ponta da cama, olhando para ela. "Onde é que estamos? Onde está a minha mamã? Quero a minha mamã! E onde estão o Abe e o El? Quero o El."

Benjamin virou-se e pôs-se de pé. "Eles tiveram de se ir embora. Tal como a tua mãe teve de ir embora." Atravessa a sala e deixa-se cair numa cadeira. Puxou as pernas para cima, de modo a ficar sentado ao estilo do yoga, e depois fechou os olhos como se estivesse a planear meditar.

Katie chorou.

Ele abriu os olhos. "Agora somos tu e eu, tu e eu, miúda." Volta a fechar os olhos e tapa a cara.

Katie começou a chorar: "Quero a minha mamã. Quero a minha mamã!"

Benjamin avançou pelo chão em direção a ela.

Ela afastou-se dele, envolvendo os braços à volta de si própria.

CAPÍTULO 49

EL E ABE

EL ESTAVA CADA VEZ mais impaciente com a inação de Abe.

"Temos de fazer alguma coisa, agora", disse ela. "O tempo está a passar e tudo pode acontecer. Quem me dera não te ter impedido de ligar ao Alex. Quem me dera..."

Pega no telefone.

"Não o faças", disse Abe, agarrando-lhe o braço. "Não faças isso."

CAPÍTULO 50

UM SENTIMENTO

O SARGENTO MILLER TINHA um ficheiro à espera na sua secretária quando regressou ao seu gabinete. Folheia um relatório que confirma que o nome da mulher morta era Margaret (Maggie) Monahan. Pára e recosta-se na cadeira. Espera. Espera. A mãe da Katie era Jennifer Walker. Mas o relatório de ADN era compatível com a Katie.

Inclinou-se para a frente e continuou a ler sobre Margaret Monahan. Enquanto o seu dedo percorria a biografia dela, confirmou uma ligação: uma irmã. Margaret Monahan era o nome de casada da irmã de Jennifer Walker.

Continua a ler e descobre que ambos os pais morreram antes do nascimento de Katie. Portanto, ela nunca tinha conhecido os avós.

Pensou na reação de Katie à notícia. Como ela se tinha recusado a acreditar - e tinha razão.

Miller saiu do seu escritório, precisando de ir a algum lado, mas sem saber porquê. O nome de Abe veio-lhe à cabeça. Porquê? Telefonou-lhe. Não responde. No entanto, algo o incomodava. Dirige-se ao carro, toca a sirene, o que faz com que o trânsito se afaste de todos os lados, enquanto se dirige para a casa de Abe.

Quando entra no caminho, repara imediatamente que a porta da frente está aberta. A loja adjacente tinha uma placa de FECHADO na montra.

Miller entrou e chamou: "Está alguém em casa? Fala Alex Miller. Abe? El?"

A casa estava arrumada e silenciosa. Não ouvia o som da televisão ou do rádio. Mas algo estava realmente errado, o seu pressentimento estava certo. Sacou da arma e dobrou a esquina que dava para a sala de estar.

No chão estava um corpo: o corpo de El Julius.

CAPÍTULO 51

ABE

DEPOIS DE TENTAR TELEFONAR a Benjamin - que não atendeu - Abe saiu para a rua e chamou um táxi.

"Leva-me à estação de comboios", exigiu, remexendo na carteira. Com a pressa, esqueceu-se de trazer dinheiro extra. Arranja-o na estação.

"Claro", disse o motorista e ligou o rádio.

Abe tenta ligar novamente a Benjamin, sem sucesso. Será que o rapaz seria tão idiota ao ponto de levar a criança para o seu lugar secreto?

CAPÍTULO 52

KATIE E BENJAMIN

BENJAMIN PÔS O BRAÇO à volta do ombro de Katie, e sentaram-se lado a lado na cama, sem falarem. Ela aconchegou-se a ele.

"Benji," disse ela, envolvendo os braços à volta da cintura dele.

Ele beijou-a no cimo da cabeça. Cantarola, uma canção de embalar, até ela adormecer. Tapa os ouvidos. Detestava o som do mini-frigorífico a zumbir. Tira a ficha da parede.

CAPÍTULO 53

MILLER E EL

"Jesus, El", disse Miller, ajoelhando-se para sentir o pulso dela. Estava lá, fraco, mas estava lá. Ele apoiou a cabeça dela no braço e ela abriu os olhos.

"Quem te fez isto?"

"O Abe", sussurrou ela.

Miller aproximou-se mais, ele não tinha ouvido bem. Ouviste?

"Abe. Foi o Abe", disse ela, com os olhos a revirarem-se na cabeça enquanto, com a mão livre, escrevia 911 no telemóvel.

Depois de a ambulância se ter afastado com a sirene aos gritos, o Sargento Miller tentou encontrar Abe, Benjamin e Katie. Onde é que eles estavam? Teriam ido todos juntos para algum lado, deixando El neste estado?

Enquanto Miller analisava tudo, sem que nada fizesse sentido, o seu telemóvel tocou. Espera que alguém saiba alguma coisa. E a El ia ficar bem. Tinha de ficar.

"Desculpa, Sargento, mas ela entrou em paragem cardíaca", disse o motorista da ambulância. "Não a conseguimos salvar."

"Oh não", disse Miller, desligando.

Tinha de pensar bem nisto. Tinha de clarear as ideias. Tinha de encontrar Katie Walker e dizer-lhe que ela tinha razão. A mãe dela não estava morta, mas El sim. Como é que ele lhes ia dar a notícia?

Miller ligou para a esquadra e pediu que fosse enviada uma equipa para localizar as chamadas recebidas.

"O mais depressa possível - quero dizer, ontem", disse ele.

Momentos depois, uma equipa estava a caminho da casa dos Julius.

CAPÍTULO 54

BENJAMIN E KATIE

EMBALANDO A CABEÇA DE Katie, Benjamin balançava-se para a frente e para trás, para a frente e para trás. Faz de conta que estão numa cadeira de baloiço, embora não estejam numa. Em vez disso, estavam no lugar secreto. O lugar secreto para onde iam todas as crianças esquecidas.

As outras crianças estavam a correr e a brincar, enquanto a Katie dormia. Benjamin acenou-lhes e depois levou os dedos aos lábios.

"Shhhh", sussurra.

Brinca com o cabelo dela, pensando em como iria explicar a decisão que tinha tomado. Não era a primeira vez que levava alguém ao lugar secreto: o lugar dentro do quadro Girassóis de Van Gogh.

Mas a Katie era a mais nova, por isso ele tinha de escolher cada palavra com cuidado, com atenção. Percebeu que, quando ela acordasse pela primeira vez, ficaria assustada. Foi também por isso que ele lhe deu mais do medicamento para dormir, enquanto decidia o que fazer. Espera que a transição dela seja calma e simples. Já que agora ela também era órfã. Ficariam juntos, com as outras crianças. Ninguém precisa de estar sozinho, não aqui neste novo mundo.

Lembra-se da primeira vez que acordou no mundo de Van Gogh. Abe nunca tinha adivinhado que estava fora do seu corpo enquanto o velho lhe fazia coisas vis.

E agora nunca o saberia. Porque ele, Katie e os outros estavam escondidos em segurança num novo mundo onde os adultos não podiam ir.

CAPÍTULO 55

ABE

Ao chegar à estação de comboios, Abe olha para o horário. Compra um bilhete e depois sincroniza o relógio com a hora prevista de chegada. Espera um pouco. Espera e preocupa-se. Atravessa a plataforma, senta-se num banco vazio e começa a analisar as suas preocupações uma a uma. Este método de abordar cada problema tinha sido uma estratégia valiosa para ele no passado.

Primeiro, faz uma lista mental, começando por El, Benjamin e acabando em Katie. Era uma lista breve; uma lista que ele podia facilmente controlar rapidamente.

O incidente com a El foi infeliz. Ela exagerou, o que o levou a fazer o mesmo. Se ela o tivesse deixado tratar das coisas.

Já o tinha feito no passado, evitando assim um confronto. Ele não lhe bateu com força. Foi apenas um toque de amor. Ela iria recuperar e perdoar tudo, como sempre fazia. Liga para casa para saber como ela está.

"Olá", diz uma voz, uma voz de homem, enquanto Abe se dirige ao multibanco. Depois de ter levantado algum dinheiro, verifica em que plataforma chegaria o seu comboio e dirige-se para lá.

Abe não falou, porque ficou atordoado em silêncio quando reconheceu a voz de Alex Miller do outro lado. O que é que ele estava a fazer ali? A El tinha-o chamado? Pretendia apresentar queixa contra ele? Nunca o tinha feito no passado, porque resolviam sempre as coisas entre os dois.

"Abe, és tu? El está morto. Abe? Abe?"

Abe não podia acreditar. O El não podia estar morto. Larga o telefone e este cai no chão. Ouviu Alex chamar o seu nome e pegou no telefone. Graças a Deus que ainda funcionava.

"Ela está o quê? Não, não pode estar!"

Atrás dele, a equipa de agentes de Miller procurava o paradeiro de Abe, tentando fazer com que o telemóvel sincronizasse e transmitisse a sua localização. O agente fez sinais com as mãos para indicar que precisavam de mais tempo.

Miller disse. "Ela levou uma pancada forte na cabeça, chamei a ambulância, mas ela não chegou ao hospital. Onde estão os teus filhos? Nem a Katie nem o Benjamin estão em casa. Onde estás tu?"

Abe dirigiu-se para as escadas, com vontade de ir para casa. Precisava de seguir o plano. Para encontrar Benjamin e Katie.

O agente voltou a indicar que Miller devia prolongar a chamada, mantendo-o em linha.

"A tua porta da frente estava aberta quando cheguei. Estava preocupado contigo, Abe. Somos amigos há tanto tempo que tive um pressentimento. Como se precisasses de mim ou algo assim", Miller olhou para o lado, estavam a localizar a sua localização.

Continua. "Estava a pensar na altura em que tu e eu levámos os meus dois filhos para o barco e fomos pescar? Lembras-te? Parece que já foi há tanto tempo, que devíamos voltar a fazê-lo. Podíamos levar o Benjamin e a Katie desta vez. Eles iam adorar. Não achas?"

Disse o Abe. "Não acredito no que se passou com a El. Como é que ela pode estar morta? Quem é que alguma vez faria mal à El?" Ele parou e depois perguntou: "Ela disse alguma coisa?

"Não, Abe, ela estava inconsciente quando eu cheguei. Estou na força há tanto tempo, e somos amigos há tanto tempo, que acho que estamos ligados. Como te disse, quando cheguei a porta estava escancarada."

Abe inalou.

"Estás bem? Onde é que estás? Vou buscar-te; vais querer vê-la, e podemos encontrar os dois miúdos, eles precisam de saber."

Um apito de comboio soou, seguido de um som de um chugging.

"Tenho de ir agora," disse Abe. O seu velho amigo estava a divagar - algo que ele não faria em circunstâncias normais. El tinha dito alguma coisa. Agora estavam a tentar descobrir a sua localização. Atira o telemóvel para o caixote do lixo.

"Espera Abe!" Miller gritou, olhou para o agente.

"Temos a tua localização, numa estação de comboios na zona leste. Acabei de verificar e o comboio que estava na plataforma partiu, mas ele ainda está na plataforma."

"Manda-me a localização, vou para lá agora."

"Manda-me a localização, vou para lá agora.

Quando entra no carro, coloca a luz intermitente no tejadilho. Coloca as sirenes a tocar, o que lhe permite atravessar o trânsito congestionado como se fosse manteiga.

CAPÍTULO 56

ABE E O COMBOIO

AGORA, NO COMBOIO, ABE sentou-se num lugar afastado dos outros passageiros para poder pensar. A El tinha-se ido embora. Estava morta. Ele tinha-a matado, mas foi um acidente. Não tinha intenção de a magoar. A sua vida não valia nada sem ela.

Na primeira paragem, observou os passageiros na plataforma. Era irritante vê-los a andar como robôs, com toda a atenção nos seus telemóveis. Se alguém se aproximasse por trás deles, podiam empurrá-los para os carris. Estariam mortos antes de se aperceberem do que aconteceu. É triste a que ponto o mundo chegou. Robôs ambulantes.

Era por isso que ele tinha evitado usar um telemóvel durante tanto tempo. Só quando Benjamin lhe ensinou os benefícios de o ter à mão é que ele experimentou. Quando se encontravam, em cima da hora, mandavam mensagens um ao outro. As mensagens eram em código, para que mais ninguém soubesse do que estavam a falar. Era excitante, divertido.

Ao pensar na morte de El, Abe inventou uma história na sua mente. Era uma história que contaria ao Sargento Miller da próxima vez que o visse. Começaria por contar ao seu velho amigo como Benjamin tinha medo que levassem a Katie para um lar. Benjamin que tinha sido abusado no sistema de adoção. Como o pobre e perturbado adolescente tinha acidentalmente empurrado o El. El tinha caído no chão. Como ele próprio tinha verificado que El estava lúcido e, depois, com a autorização de El, tinha saído de casa para procurar Benjamin, que tinha levado Katie depois de ter magoado El e fugido.

Sim, depois de tudo o que fizera pelo rapaz, convencê-lo-ia a alinhar na história. Tinha as suas maneiras de convencer o rapaz a fazer tudo o que ele queria que fizesse.

Alguém se moveu para o lugar atrás dele: uma mulher, pelo cheiro do seu perfume. Olha em volta: sim, uma mulher jovem. Talvez vinte e cinco anos. A caminho do trabalho ou de uma festa, pensa ele, toda bem vestida. Observa-a a tirar uma maçã da mala, e estremece quando ela dá uma dentada, depois várias outras. Mastiga com a boca aberta. Um pouco de sumo de maçã salpicou-lhe o pescoço. Limpa-o. É nojento e irritante. Ela tritura e mastiga. Mastiga e mastiga. Ele estava à espera do próximo triturar, à espera com os ombros tensos, mas nunca chegou. Olhou para trás para ver porquê e descobriu que a mulher estava a engasgar-se.

"Alguém sabe a Manobra de Heimlich?" Abe gritou, mas ele e a mulher eram os únicos na carruagem.

Fecha a boca, apercebendo-se de que os seus gritos tinham chamado a atenção para a situação e, por uma fração de segundo, talvez mais, desejou ter deixado a mulher engasgar-se.

Quando os outros passageiros se dirigiram para eles, bateu com força nas costas da mulher e ela cuspiu a maçã para o chão.

CAPÍTULO 57

SGT. MILLER IN PURSUIT

MILLER PASSOU PELO TRÂNSITO. Arranja um lugar à entrada da estação de comboios. Deixou os faróis a piscar para que os funcionários da bilheteira não o apanhassem. Sobe as escadas a correr.

"Estás quase lá. Vai sempre em frente. Mesmo à tua esquerda", diz o agente de vigilância.

"A única coisa na plataforma, para além de mim, é um caixote do lixo", disse Miller. Caminha em direção a ele.

"Sim, é de onde o sinal está a vir."

O Sgt. Miller calçou as luvas e meteu as mãos no caixote do lixo. Afastando uma casca de banana, encontrou o que procurava: O telemóvel do Abe.

"Posso ajudar-te?", pergunta um condutor.

"Sim, há quanto tempo saiu o último comboio?"

"Há quinze minutos, mas não foram longe."

Miller fez um duplo olhar. "Como assim?"

O maquinista continuou. "O comboio parou devido a uma emergência com um passageiro a bordo. A ambulância recolheu uma mulher e ela está a caminho do hospital. Foi vítima de uma maçã que lhe ficou alojada na garganta. Dizem que ela vai ficar bem, só a estão a examinar para ter a certeza, para efeitos de seguro."

"Qual era o destino final do comboio?" Miller perguntou-te.

"É um Expresso, por isso só faz uma paragem no fim da linha."

"Obrigado", disse Miller. Desceu as escadas a correr, entrou no seu veículo e activou a sirene.

CAPÍTULO 58

ABE O BOM SAMARITANO

Já NÃO SE ENCONTRA no comboio, Abe segura a mão da mulher que salvou. Estão na parte de trás de uma ambulância e a caminho do hospital.

Pouco depois de ela ter cuspido a maçã, a ambulância chega. A jovem irritante recusa-se a entrar no veículo, a não ser que Abe a acompanhe ao hospital.

"Ele é o meu bom samaritano", disse a mulher.

Depois de os paramédicos terem empurrado a mulher para dentro do hospital numa maca, Abe viu a sua oportunidade de escapar. Chama um táxi. Enquanto esperava na plataforma, o motorista da ambulância saiu.

"Obrigado por tomares conta da situação e salvares a vida dela."

"Claro que sim", disse Abe através da janela aberta. Depois, para o motorista: "Deixa-me na esquina da Magnolia com a Oak."

A carrinha branca arrancou, enquanto o condutor da ambulância entrava na cabina do seu veículo. Uma mensagem veio pelo rádio, pedindo a todos os condutores para estarem atentos a um homem que correspondia à descrição de Abe.

CAPÍTULO 59

MILLER E ABE

O TELEFONE DE MILLER tocou. "Um motorista de ambulância acabou de ligar. Diz que um homem com a descrição do Abe saiu há uns minutos numa carrinha branca. Sim, do hospital. Diz que o Abe salvou a vida de uma mulher no comboio."

"Parece mais o Abe que eu conheço. O condutor conseguiu saber o número da matrícula?"

"Não, mas ouviu o senhor idoso pedir para ser levado para a esquina da Magnolia com a Oak."

"Estou quase a chegar lá", disse Miller, desligando. Perguntou-se o que haveria nas redondezas - era uma zona bem conhecida, onde as prostitutas se alinhavam nas ruas mesmo durante o dia.

Alguns quarteirões depois, uma carrinha branca parou nos semáforos perto de Magnolia. Miller saiu do seu veículo e aproximou-se do lado do passageiro. Abe não era um galã, mas não queria correr o risco de que ele fugisse. Não havia nenhum passageiro no veículo.

Abe mostrou a sua identificação e perguntou-lhe se tinha trazido um passageiro, um senhor de idade, para aquele local. O homem acenou com a cabeça. "Para onde é que ele foi?"

"Saiu, a uns quarteirões atrás. Pagou-me em dinheiro e disse que ia a pé o resto do caminho."

"Tão perto", disse Miller, enquanto voltava para o seu veículo, depois mudou de ideias e foi para o passeio. Olha para cima e para baixo - nenhum sinal de Abe. Atravessa a rua e faz o mesmo e vê alguém a sair de uma loja com um saco. Teve de correr alguns quarteirões para o apanhar - ignorando os semáforos - mas finalmente avistou-o.

Miller viu o seu velho amigo subir as escadas. Um porteiro abriu-lhe a porta, inclinando o chapéu.

Miller mostrou o seu crachá ao porteiro e entrou. As portas do elevador estavam a fechar-se e dirigiam-se para o sétimo andar. Pensou em subir os degraus, mas em vez disso esperou que o elevador voltasse a descer. Entrou, carregou no botão e, em poucos instantes, estava no andar certo, onde tinha quatro portas à escolha. Qual delas era a de Abe? E o que é que ele estava a fazer num apartamento nesta zona? Passa cautelosamente de porta em porta, ouvindo com o ouvido encostado à porta se há algum som no interior.

Não ouve nada até chegar à porta número quatro.

CAPÍTULO 60

O QUARTO

Dentro do quarto, Abe ficou imóvel enquanto tentava recuperar o fôlego. Estaria a perder o juízo? Por um segundo, pensou que tinha visto Alex Miller lá fora. Não era possível que o seu velho amigo o tivesse seguido - tinha-se livrado do telemóvel.

Abre a mala, tira o telemóvel novo da caixa e liga-o para carregar. Depois tira dois sacos de doces - os preferidos de Benjamin. Deita-os num prato que coloca em cima da mesa de cabeceira.

Ao olhar para a sala, repara em dois copos na mesa de café. Então, eles estavam lá, ou tinham estado lá. Percebe que tem sede e serve-se de um copo de água fresca.

Bebeu-o, depois serviu-se de um segundo copo e encostou-o à testa. Sentiu-se bem, por isso manteve-o no lugar enquanto olhava à volta da sala.

Atrás de si, a torneira pingava. Lembra-se de estar na cama depois de uma das suas muitas sessões, com

Benjamin a dormir ao seu lado. Já nessa altura a torneira pingava, pingava, pingava. Tinha de se levantar da cama, apertar a torneira. Volta para a cama e, de novo, pinga pinga pinga. Debaixo do lava-loiça, encontrou uma chave inglesa e resolveu o problema, mas agora estava de volta. Já tinha passado algum tempo desde que tinham estado juntos.

Senta-se na beira da cama. "Katie? Benjamin?" Não responde. Tenta de novo, levantando o edredão para ver debaixo da cama. "Consigo ouvir-te a respirar." Dirigiu-se para a varanda: "Sai, sai, onde quer que estejas."

CAPÍTULO 61

O QUÊ?

ESPERA. PERGUNTOU MILLER A si próprio, será que Abe disse os nomes deles em voz alta? Aproxima o ouvido. Lá estava ele outra vez, o velho chamava as crianças, como se estivessem a jogar às escondidas. Miller coçou a cabeça. O tom que Abe usava era brincalhão e familiar. Como se já tivesse feito este tipo de coisas antes.

Dentro do quarto, ouviu passos, seguidos do som de uma porta a abrir-se e a fechar-se. Mantém o ouvido encostado à porta, enquanto a sanita dá o autoclismo, a torneira faz barulho, a porta abre-se e os passos atravessam o quarto onde uma cama range. Momentos depois, Miller ouviu roncos altos. A mulher de Abe estava morta e ele estava a dormir uma sesta.

CAPÍTULO 62

SONHAR

O ABE SONHOU QUE estava de volta a casa e que estava com a El. Num momento, estavam a voar juntos pelo céu. Noutro, estavam abraçados na cama.

Ela sussurrou-lhe ao ouvido: "Abe."

"Abe", sussurrou Benjamin.

"Benjamin?", disse ele ao levantar-se da cama. Não responde.

Abe dirigiu-se ao armário. Lembra-se de Benjamim, há anos atrás, quando ele chegou a casa deles pela primeira vez. Ele tinha medo de tudo e de todos e tinha encontrado conforto ao esconder-se dentro de um armário.

"Eu sei que estás aí dentro", disse ele, abrindo a porta. E, sem dúvida, Benjamin estava lá dentro. Muito, muito encostado à parede, sentado de pernas cruzadas.

Abe apalpa a parede, à procura de um interrutor. Não encontra nenhum.

"Anda cá para fora, Benjamim", disse ele. "Trouxe-te chocolates e rebuçados: os teus preferidos." Mesmo assim, o rapaz não se mexe. Abe retirou-se para onde o telemóvel estava a carregar. Vai quase a meio. Descarrega a aplicação da lanterna. Experimenta e funciona bem. Entra no armário com o telemóvel a iluminar o caminho.

Benjamin segurava algo, uma boneca esfarrapada. Abe aproximou-se com a lanterna. A coisa que ele segurava não era uma boneca: era a Katie.

Aproxima-se mais, mais. Estica a mão e toca na bochecha do rapaz e depois na da rapariga - estavam ambas geladas como pedra. Grita um grito que acorda os mortos.

CAPÍTULO 63

ANTECIPAÇÃO

MILLER ARROMBOU A PORTA com o pé calçado. Já lá dentro, tira a arma do coldre quando Abe sai do armário. Como um zombie, balançou-se pelo chão e caiu primeiro de joelhos e depois de cara no chão.

Miller ainda tinha a arma apontada a Abe, que soluçava e gemia como um homem que tivesse perdido a cabeça. Miller aproximou-se, tentando perceber o que ele estava a dizer. Primeiro, não conseguiu perceber, mas depois ouviu: "Morto. Morre. Morto. Morto."

Voltou-se para o armário e, como a porta já estava aberta, entrou. Estava demasiado escuro; não conseguia ver nada. Saiu, usou a lanterna tática da sua arma e voltou para dentro.

CAPÍTULO 64

CORPOS

A LANTERNA ERA DEMASIADO forte para um espaço tão pequeno e confinado. Os raios ricocheteavam e criavam sombras escuras antes de se concentrarem no que estava ali. Duas crianças: Benjamin e Katie.

Ao princípio, pensa que estão a dormir. Passa a luz pelos seus olhos. Primeiro o rapaz, depois a rapariga. Agora tinha a certeza. Já o tinha visto tantas vezes. As duas crianças pareciam cadáveres estendidos nas lajes da morgue.

Toca no rosto de Katie e estremece: está frio como pedra. Pobre criança. Morreu sem saber que tinha razão em relação à mãe. Benjamin também estava frio.

Sabia que não devia mexer neles. Não devia perturbar o seu último lugar de descanso. E no entanto, mesmo sabendo que não devia. Mesmo sabendo que estaria a perturbar as provas, fê-lo na mesma.

Miller primeiro teve que os desembaraçar. Os braços de Benjamin estavam à volta de Katie, como se estivesse a tentar protegê-la. A cabeça dela balançava e descansava no ombro dele. O cabelo dela, cheirando a mel, roçou-lhe na face quando ele a deitou na cama. Volta para o armário, olhando de relance para Abe. Ele ainda estava no chão, olhando para a frente como um zombie. Miller pegou em Benjamin e depositou-o na cama.

Olhando para Abe, coçando a cabeça, pensou nos seus próprios filhos. Como é que isto podia ter acontecido? O que é que tinha a ver com a morte de El? "O que aconteceu, meu?", pergunta a Abe.

Abe pôs-se de joelhos. Não tinha forças para se pôr de pé. A sua cabeça balançava e os seus olhos olhavam para o chão.

Miller gritou: "Que raio aconteceu aqui?"

Abe soluçou e depois atirou-se para o tapete. Encostou a cara ao tapete, como se sentir o tecido áspero contra a pele fosse reconfortante para ele.

Miller aproximou-se mais, de modo a que as suas botas tocassem na cabeça de Abe. Sussurrou: "A Katie tinha razão - a mãe dela está viva."

"O quê?" respondeu Abe.

"Não importa agora", disse Miller. "Ela está morta. Estão as duas mortas."

Desta vez, Abe bateu com a testa no chão.

Miller serviu-se de um copo de água. Bebeu-a, mas ela voltou a subir enquanto a torneira pingava ao fundo. Pensa em levar a água a Abe. Não o fez.

"Levanta-te, Abe", exigiu Miller. Quando ele estava de pé, Miller sacudiu-lhe os ombros: "Explica-te, homem."

Abe começou a choramingar e a chorar. Caiu de joelhos.

Miller foi ao armário, tirou um cobertor e colocou-o sobre os ombros de Abe. Tentou não pensar nas crianças e concentrou-se nas coisas que tinha de fazer. Precisava de telefonar ao médico legista e pôr as coisas em marcha para uma investigação. Porque é que ele estava a hesitar? De que é que estava à espera? Não fazia sentido - nada daquilo. Os miúdos estavam frios como uma pedra - como se estivessem mortos há algum tempo - quando, segundo El, não podiam estar desaparecidos há muito tempo. Então, o que é que tinha acontecido? Quem era o responsável? Telefonou, dando poucas explicações. "Duas crianças mortas: causa desconhecida", disse ele.

Enquanto esperava para falar com o seu comandante, olhou para as duas crianças na cama. Pareciam assustadas - como se tivessem apanhado um susto de morte. Abana a cabeça. As pessoas podem morrer de muitas coisas, mas não de medo.

Depois de desligar a chamada, voltou para junto de Abe. "Em nome de Deus, o que é que aconteceu aqui?" Ajudou Abe a pôr-se de pé, levando-o até ao lavatório para beber um copo de água.

Abe bebeu um gole e depois disse: "Preciso de ar!" Atravessa a sala e abre a porta que dá para a varanda.

Miller ficou parado entre os arcos da porta do pátio; receava que o seu velho amigo pudesse saltar.

De algures no quarto, uma criança chorava.

Abe e Miller viraram-se para a cama, sabendo muito bem que o som não vinha dali. Os dois homens ficaram imóveis, com todos os sentidos em alerta máximo, à espera de ouvir o som outra vez.

"Médico legista", disse uma voz lá fora, depois de bater à porta.

"Está aberta", disse Miller quando a equipa, incluindo a forense, chegou.

Miller olhou para Abe, que estava sentado sem expressão. Os seus olhos azuis pareciam ainda mais azuis escondidos na sua palidez fantasmagórica.

"O que é que temos aqui?", perguntou um membro da equipa forense.

"Dois miúdos mortos", respondeu Miller.

A equipa começou a trabalhar na recolha de provas.

Miller e Abe ficaram lado a lado à espera do som: o som de uma criança a choramingar.

CAPÍTULO 65

A PINTURA

ABE LEVANTOU-SE E AVANÇOU, inclinando a cabeça como se tivesse ouvido alguma coisa.

Miller não ouviu nada. Abre a boca para dizer alguma coisa a Abe, mas é como se estivesse em transe. Baralha os pés na carpete.

Abe caiu de joelhos, soluçando as palavras: "Desculpa, Benjamin. Desculpa. Tudo o que eu quero é que estejas aqui. Por favor." O seu corpo caiu para a frente, com a cabeça apoiada no tapete.

Miller tinha duas ideias. Uma era confortar o seu velho amigo que estava a alucinar. A outra era ajudar a equipa - estavam quase prontos a colocar as duas crianças em sacos para cadáveres.

Em vez disso, não fez nada, enquanto Benjamin era colocado no saco verde. Estremeceu quando o segundo som do fecho de correr de Katie cortou o silêncio.

"Levanta-te", ordenou uma voz vinda do nada.

Abe fê-lo, levantando-se como uma marioneta trazida à vida por um titereiro.

"Vai para o quadro", diz a voz.

Abe seguiu as instruções como um zombie, parando na gravura de Van Gogh.

"Não! Não!", gritou, cobrindo a cabeça com as mãos.

Miller moveu-se diretamente para trás dele, para que ele pudesse ver mais de perto a gravura. Tudo o que viu foi um vaso de girassóis - não que estivesse à espera de ver mais alguma coisa. Quando Abe voltou a falar, Miller afastou-se.

Abe tirou as mãos da cara e chorou: "Porquê? Porquê? Diz-me porquê? Diz-me porquê?"

A equipa que transportava os corpos das crianças avançou para a porta. Um deles perguntou: "Com quem é que o velhote está a falar?"

Sem responder, Miller afastou-o.

Ouve-se uma voz. Uma voz de rapaz que soava a oco, como se viesse do interior de um túnel. "Tu sabes porquê."

"Benjamin," disse Abe. "Eu amo-te."

A equipa com os sacos de cadáveres parou. Não sabiam que a voz que estavam a ouvir era a de Benjamin - o rapaz cujo corpo estava num dos sacos que transportavam.

"Põe os sacos de volta na cama," ordenou Miller. "Abre o fecho do saco que tem o rapaz lá dentro - AGORA."

A equipa fez o que Miller mandou. Benjamin estava branco, com os olhos fechados. Continua morto. Miller olhava para o rosto imóvel do rapaz, quando a sua voz soou novamente.

"Tu sabes o que me fizeste. Tu sabes."

"Eu amei-te. Ainda te amo", respondeu Abe, estendendo a mão para o ar vazio.

"Amaste quem? Com quem é que ele está a falar, com o próprio Van Gogh?", pergunta um dos membros da equipa.

"Shhh", respondeu Miller.

"O que nós fizemos foi amar. Porque nos amávamos um ao outro", confessou Abe.

Miller abanou a cabeça. Será que estava a ouvir bem? Cerra os punhos e fecha a distância entre ele e o seu antigo amigo.

Abe olhou para o teto, como se pensasse que Benjamin estava a falar com ele do Céu.

"Porque é que tinhas de te matar a ti e à Katie? Porquê?"

"Fiz o que tinha de fazer."

"Para me castigares?"

"Sim, porque eu conheço-te."

Miller cerrou os punhos.

"Eu não lhe teria tocado", choramingou Abe.

"Não acredito em ti."

Abe permanece estático em frente ao quadro, com os olhos postos no céu.

Miller disse à equipa que estava atrás dele: "Eu trato disto a partir daqui."

Fecham o fecho do saco de Benjamin e levam as duas crianças para fora da sala.

Miller moveu-se para que Abe ficasse diretamente à sua frente.

Abe continuou a olhar para o céu. O tempo parecia ter parado.

Depois, uma faca saiu do quadro e, num movimento rápido, cortou a garganta de Abe.

Durante alguns segundos, Abe permanece na mesma posição. O único movimento era o sangue que jorrava da ferida. Depois, a gravidade tomou conta de ti e ele caiu no chão, com a cabeça a desaparecer debaixo da coberta da cama.

DESMORONA. O quadro de girassóis emoldurado de Van Gogh caiu no chão. O vidro do frontispício partiu-se, estilhaçando-se em mil pedaços.

Miller chamou a equipa de volta. Quando voltaram a entrar no quarto, o chão estava uma confusão de sangue. "Onde está a cabeça dele?", perguntou um deles.

Miller falou como se fosse um acontecimento quotidiano. "Está debaixo da cama."

Um levantou o edredão, o outro meteu a mão debaixo. Enfiaram o Abe no saco do cadáver com os olhos bem abertos. Tinha acontecido tão depressa que nem teve tempo de pestanejar. Fecham o fecho do saco.

"Não ponhas os miúdos perto dele", disse Miller. Põe-no na bagageira, ou no tejadilho, em qualquer lado - mas não com os miúdos."

"Claro, nós tratamos disso."

CAPÍTULO 66

SGT. MILLER

MILLER SAIU PARA A varanda para apanhar um pouco de ar fresco. Precisava de pensar bem, porque nada daquilo fazia sentido. Primeiro, a morte de El. Será que ela sabia o que se passava com o marido e a filha adotiva? Ele não acreditava que ela pudesse saber. Não a El.

Benjamin e Katie pareciam ter apanhado um susto de morte - mas já estavam mortos muito antes de Abe chegar a este lugar.

Quanto aos maus tratos de Abe ao seu filho adotivo, era perverso. Demasiado perverso para pensares nisso. Não queria pensar em quantas vezes Abe tinha sido um convidado na sua própria casa. Nas vezes que Abe passara com os seus próprios filhos.

E depois havia o aspeto sobrenatural do que tinha acontecido. O Sgt. Miller não acreditava no sobrenatural. Mas tinha-o visto e tinha ouvido as vozes. Mas como é que ele ia explicar isso? Nunca seria capaz de o fazer, nem num milhão de anos.

O mundo tinha enlouquecido.

Miller voltou para dentro, fechando as portas da varanda e trancando-as. Um homem e uma mulher estavam lá com um aspirador e uma máquina de limpar tapetes.

A mulher perguntou: "Posso começar?" a Miller, que acenou com a cabeça. Ela ligou a máquina de aspirar e, durante alguns segundos, ele ficou a ouvir o vidro a ser sugado para dentro do recipiente de metal.

"Pára!", ordenou, enquanto se movia pelo chão. Baixa-se e apanha um único girassol num pedaço de vidro.

A mulher voltou a aspirar, enquanto Miller segurava o girassol à altura dos olhos.

Depois viu-o - movimento - dentro do girassol. Tintas, amarelo-cromo, amarelo-limão, cores que rodopiavam e giravam como um caleidoscópio. Sentiu o tapete a mudar debaixo de si, quando deixou cair o girassol e depois tudo ficou negro quando caiu no chão.

CAPÍTULO 67

KATE DESPERTA

"BENJAMIN," DISSE KATIE, "NÃO é suposto eu estar aqui." Ela estava num baloiço e ele empurrava-a cada vez mais alto, mas não demasiado alto.

"Claro que devias estar aqui," disse Benjamin.

As crianças brincavam à volta deles. Algumas estavam na caixa de areia. Outras estavam a balançar. Muitas competiam em jogos de basebol e futebol. Várias jogavam jogos de tabuleiro como xadrez, damas e berlindes.

"És bem-vinda aqui", disse um rapaz, mais novo do que Benjamin, a Katie.

Usa um macacão de ganga, sem camisa por baixo. Tinha um bronzeado dourado que tornava o seu cabelo louro e os seus olhos azuis dominantes no seu rosto atlético.

"És muito bem-vinda aqui, minha nova irmã", disse uma menina, mais nova do que Katie. O seu cabelo estava em cachos, que saltavam quando ela corria. Estava bonita, com um vestido azul com rendas nas pontas e sandálias brancas nos pés.

"Mas eu não sou como tu," disse Katie. "Não pertenço aqui. Ouviste o Sargento Miller. Disseste que a minha mãe está viva. Provavelmente está à minha espera no cais. Disse-me para não me mexer. Vai ficar preocupada comigo."

Benjamin empurrou-a mais para cima, "Estarás segura aqui."

As ervas daninhas sopram pelo parque. O parque dentro do quadro dos Girassóis de Van Gogh. O lugar onde todas as crianças esquecidas viveram e brincaram juntas para sempre.

Porque embora a fachada de vidro se tenha estilhaçado neste mundo, permaneceu intacta noutro. O relógio de cada criança inverteu-se, para trás.

Volta atrás. Para o tempo em que perderam a sua infância. Quando foram obrigadas a crescer demasiado depressa.

Dentro do quadro, as crianças permaneceram crianças para sempre. Na segurança dos girassóis ensolarados de Van Gogh, havia uma promessa. Uma promessa de que nenhuma criança voltaria a ser magoada, maltratada, assustada ou negligenciada.

CAPÍTULO 68

SGT. MILLER

Na morgue, Miller estava a escolher os caixões para El, Katie e Benjamin - e para Abe. Se pudesse, teria deixado o velho ir para os duques numa caixa de cartão, mas isso não lhe agradava. Por isso, tinha de escolher quatro caixões para quatro corpos. Alguém tinha de o fazer.

Miller esperava conseguir um desfecho para esta tarefa. Ainda assim, a mãe desaparecida de Katie, Jennifer Walker, não lhe saía da cabeça. Ela andava por aí, algures - e a filha estava morta porque ela a deixara sozinha à beira-mar. Que tragédia.

Uma perda tão grande. Tudo evitável. Um pai devia proteger o seu filho - acontecesse o que acontecesse.

Colocar-se a si próprio em risco, em vez de deixar que a criança seja prejudicada. Quando é que tudo correu mal e porque é que ele não se apercebeu disso?

O Miller não conseguiu fechar o ciclo. Não conseguia ter paz de espírito.

E nas suas entranhas, algo o corroía. Comia-o de dentro para fora. Regressou a casa dos Julius, na esperança de encontrar respostas. A propriedade ainda estava isolada com fita adesiva, com um agente estacionado à porta da frente.

"Tens alguém aí?" Miller perguntou.

"Não, sargento. Acho que já encerraram tudo por hoje. Procuraram impressões digitais e tiraram tudo o que queriam guardar como prova." Olha para o relógio. "Estava a pensar regressar à esquadra em breve. O meu turno está quase a terminar."

"Vem mais alguém para vigiar o local durante a noite?" Miller perguntou.

"Acho que não."

"Então vai lá," disse Miller, "eu trato disto a partir daqui."

O agente entrou na sua viatura e arrancou. Miller observou-o a afastar-se e depois entrou em casa.

Uma vez lá dentro, deixa que o sentimento que lhe roía as entranhas o conduza para onde precisa de ir. Desce o corredor, segue pelo corredor. Vai até ao escritório do Abe. Verifica a secretária: fechada. Vai à cozinha e tira uma faca da gaveta. Usa-a para arrombar a secretária. O que procurava estava ali, quase como se estivesse à espera dele: O livro de registos de Abe.

Miller folheou as páginas até ao Natal, à procura de encomendas de bonecas. Havia várias encomendas ao longo dos anos, incluindo fotografias das crianças, as suas moradas completas e fotografias das crianças com as bonecas a condizer.

No entanto, não havia nenhuma de Katie na pilha, mas conseguiu confirmar que a pessoa que tinha feito a encomenda e recolhido a boneca tinha sido Mark Wheeler.

Encontrou um total de sete encomendas ao longo dos anos. Uma foto da criança, ao lado da foto da boneca. A de Katie tinha sido a última compra.

Sentou-se na cadeira de Abe durante mais alguns segundos, enquanto folheava os seus ficheiros. Destaca-se um pedido de adoção de Benjamin. Dizia que ele também ficaria com a propriedade da casa e da loja. Nada tinha sido finalizado, pois El não o tinha assinado. Pegou no pedido juntamente com o livro de registos e levou-os para fora do escritório.

Entra no quarto de Katie. Por um segundo, não conseguiu respirar. A sua sósia estava na cama, sentada, a olhar para ele. Espera por ele. Se a coisa estivesse a respirar, não o poderia ter deixado mais atordoado. Incapaz de se mexer, os seus sentidos intensificaram-se.

Primeiro, um assobio. Bate asas. Abana as cortinas. Agarrando a boneca como tentáculos de tecido.

Tremeu, virou-se para sair, mas não conseguiu. Envolveu os braços à volta de si próprio.

"Pronto, pronto", disse para ninguém. Pega na boneca e leva-a para fora do quarto e para a cozinha. Procura debaixo do lava-loiça um saco suficientemente grande para a enfiar. Não teve coragem de a colocar num saco do lixo verde - demasiado parecido com um saco para cadáveres. Em vez disso, encontrou um saco de reciclagem azul transparente e meteu a boneca lá dentro com os pés.

Tranca a casa, mete-se no carro e atravessa a cidade. Ao chegar ao prédio, o porteiro reconheceu-o, pelo que não teve de mostrar o distintivo. Ainda bem, pois trazia uma boneca num grande saco transparente.

"Eu levo-te lá acima", disse Matthew Barry, o gerente da receção. Entra no elevador e sobe até ao sétimo andar.

No elevador, durante a subida, Miller fez a si próprio muitas perguntas, como o que estava a fazer e porquê, mas não obteve respostas.

Só tinha a certeza de que, desde que pegara na boneca, a sensação que lhe corroía as entranhas diminuíra. À medida que se aproximava do quarto, a sensação desvaneceu-se.

Barry rodou a chave na fechadura, e WHAM, uma sirene gritou - fazendo o Gerente sentir como se o seu cérebro fosse explodir. O pobre homem carregou em todos os botões da parede - tentando fazer parar o som violento. Quando nada funcionou, tapou os ouvidos e acabou por se virar e sair da sala aos gritos.

Miller também foi afetado pelas sirenes, mas não tanto como o gerente. Caiu na cama, usando as almofadas para abafar o som e esperou que este parasse em breve. Fecha os olhos e desmaia. Quando voltou a si, as almofadas estavam no chão e o quarto estava silencioso.

Bebe um pouco de água e depois salpica um pouco na cara. Repara que a alcatifa é nova e, desta vez, mais felpuda. Depois vê outra coisa: um novo quadro de Van Gogh, Girassóis, numa moldura dourada antiga.

Enquanto a torneira pingava, examina o quadro. Não viu qualquer movimento, depois lembrou-se da boneca. Vê o saco de plástico no chão, ao lado da cama: está vazio.

Coçando a cabeça, vira-se e dirige-se para a porta e, ao colocar a mão na maçaneta, ouve vozes de crianças:

Obrigado pelas flores,
Obrigado pelas árvores,
Obrigado pelas cascatas,
Obrigado pela brisa.
Agora estamos aqui juntos.
Livres do mal e da dor
Obrigado, Sgt. Miller
Por voltares de novo.

Aquelas palavras e a melodia continuaram a dar voltas e voltas na sua cabeça. Durante dias, semanas, meses, anos.

EPÍLOGO

MILLER REFORMOU-SE, COM UM último pedido no cumprimento do dever. Bateu à porta de Judy Smith.

"Estou aqui para ver o Gerald", disse ele.

Seguiu Judy pelas escadas acima: "O Sargento Miller está aqui para te ver."

Ela ficou à porta, enquanto Miller apertava a mão de Gerald e lhe entregava um Louvor do Cidadão.

"Ajudaste-nos a resolver um caso", disse Miller. "Continua com o excelente trabalho."

"Posso tirar uma fotografia de vocês os dois?" perguntou Judy.

Miller acenou com a cabeça e ele e Gerald conversaram enquanto ela descia as escadas e voltava a subir com o telemóvel na mão.

"Diz "cheese"", disse ela.

Depois de algumas fotografias, Miller despediu-se e foi a caminho de casa. Esperava ter uma noite tranquila com a mulher - o que ele não sabia é que ela tinha uma grande festa surpresa de reforma à sua espera.

Agradecimentos

Caros leitores,

Obrigado por lerem O CRIANÇA DE TODOS, cujo primeiro rascunho escrevi no National Novel Writing Month de 2013.

Terminado o primeiro rascunho, fiz algumas pequenas alterações e depois enviei-o a alguns leitores beta para ver como podia ser melhorado - e se gostavam dele. Quatro dos cinco leitores (que eram colegas autores) não gostaram da Katie, nem do Benjamin e queriam que eu reescrevesse as personagens de forma a serem mais parecidas com os seus próprios filhos, etc. Guardei os seus comentários para refletir sobre eles enquanto trabalhava noutros projectos. Tinham razão? O meu instinto dizia-me o contrário.

No final, decidi manter-me fiel às minhas armas. Os outros autores podiam escrever as suas personagens da forma que quisessem. Se todos nós escrevêssemos as nossas personagens da mesma forma, qual seria o objetivo? Estas eram as minhas personagens e tinham-me escolhido para contar as suas histórias através delas. Eu tinha de contar as suas histórias da forma que eles queriam que fossem ouvidas. Nesse aspeto, eu e as minhas personagens estávamos em sintonia.

O que me levou a procurar uma editora de desenvolvimento e encontrei uma excelente editora, à qual estarei sempre grato pela sua ajuda e encorajamento.

Mas O CRIANÇA DE TODOS ainda não estava terminado. Precisava de ser lido por novos leitores beta e foi. Desta vez, fiz-lhes perguntas e, em particular, estava preocupada com as migalhas de pão. Será que tinha deixado pelo caminho o suficiente para levar o leitor à conclusão chocante? Um em cada cinco leitores achou que eu tinha revelado demasiado e pediu-me para reduzir o número de migalhas de pão. Talvez gostes de saber que, inicialmente, ela se enganou, mas que, ao reler o livro, percebeu mais das pistas que eu tinha dado.

Gostaria de aproveitar esta oportunidade para agradecer aos meus leitores de provas, leitores beta e editores pelo seu empenho em mim e neste projeto. O teu contributo foi valioso - quer eu tenha aceite as tuas sugestões ou não. Por me terem ajudado a fazer de A CRIANÇA DE TODOS o melhor que podia ser. Talvez Stephen King pudesse/quisesse ter feito mais. Mas eu não sou o Stephen King. Sou um Autor Indie, único funcionário e fundador da Stratford Living Publishing.

Obrigado também à família e aos amigos que me apoiaram durante a escuridão.

E, como sempre, boa leitura!

Cathy

SOBRE O AUTOR

Cathy McGough, autora vencedora de vários prémios, vive
e escreve em
vive e escreve em Ontário, no Canadá, com o marido, o
filho, os dois gatos e um cão.

Se quiseres enviar um e-mail à Cathy,
podes contactá-la aqui:

cathy@cathymcgough.com

A Cathy gosta de saber o que os seus
dos seus leitores.

Também por:

FICÇÃO

O Segredo de Ribby

Treze Histórias Curtas (que inclui:

O Guarda-Chuva e o Vento

A Revelação de Margarida

Dandelion Wine (FINALISTA DO PRÉMIO DO LIVRO FAVORITO DOS LEITORES))

Entrevistas com escritores lendários do além (2° LUGAR MELHOR REFERÊNCIA LITERÁRIA 2016 METAMORPH PUBLISHING)

Deusa de tamanho grande

NÃO-FICÇÃO

103 ideias de angariação de fundos para pais voluntários com

Escolas e Equipas (3° LUGAR MELHOR REFERÊNCIA LITERÁRIA 2016 EDITORA METAMORPH)

+ Livros para crianças e jovens adultos.

Milton Keynes UK
Ingram Content Group UK Ltd.
UKHW052053300624
444882UK00001B/74